新　潮　文　庫

昭和少女探偵團

彩藤アザミ著

JN229811

新　潮　社　版

11010

目次

昭和少女探偵團

しょうわしょうじょたんていだん

第一話

少女探偵ごきげんよう

無性に物憂《ものう》く、気だるく、溜息《ためいき》の湧《わ》くような……。

満ち足りているはずなのに、唐突に「何かが足りない」という焦燥に駆られる。

それが、春という季節だった。

ゆっくりと、庭先で胸を反らし、葉桜となった樹《き》を仰ぎ見る。

わたしが生まれてまもないころに植えられた桜だ。幹はまだ細く、花も少ない。

嵐《あらし》が来れば折れてしまいそうな枝の姿は、わたしに似ている。

——あぁ、悩める乙女の心とは、なんと儚《はかな》いものか！


「——茜《あかね》、毛虫が落ちてきますよ」

その言葉に、感傷的な心は現実へと引き戻される。

「え、嘘《うそ》……！　きゃあっ」

ぎょっとして樹から離れた瞬間、さっきまで立っていた場所に黒い塊がぽとりと落ちてきた。

毛虫！

春に物思う少女にこれほど相応《ふさわ》しくないものがあろうか！

ぞぞぞと震える躯《からだ》を自分で抱き締めながらテラスを振り返ると、いつの間にかサンルームの椅子《いす》に掛けていた母が笑い出した。

「なんですか、おかしな子。そんな庭先でぼんやり立っているからですよ。もうすっかり散っているのに、朝からお花見？」

欠伸《あくび》をして眼鏡を押し上げた母は徹夜で原稿を書いていたらしい、目の下にはクマができていた。

寝間着は着崩れ、胸の谷間が露《あらわ》になっている。本人は気にせず膝《ひざ》の上に開いた婦人雑誌に目を落としていた（読むのもまた仕事なのだ）。

こんなはしたない姿をご近所さんに見られたらどうしよう、と生垣の向こうへ視線を泳がせる。

「そうだ、お母さまも今からお酒を飲んでやろうかしら」

「もう、よしてちょうだい。お母さままで躯を壊したら、わたし面倒を見きれないわ」

「冗談に決まっているでしょう、ほほほ」

鷹揚《おうよう》に笑い出した母は、流れるような動きで髪を掻《か》きあげ、空を見た。

薄曇りだった。わたしの心にぴったりの。

「ねぇ、お母さま。春ってそれだけで感傷的になってしまうと思わない？　このままじゃいられないような気がしてうずうずするの、それなのに、わたしの元にはドラマチックな出来事ひとつやってきやしないのよ」

「あら、でもお前、昨日だって学校で加寿子《かずこ》さんがこんなことを言ったとか言わないとか、随分楽しそうに話していたじゃない」

「それはそれ、これはこれよ。女学校は楽しいわ。でも春ってなぜか、いても立ってもいられなくなってよ」

春の陽射《ひざ》しに包まれていると、お腹《なか》が空《す》くみたいに胸が空いて、どうしようもなく走り出したくなってしまう。そんなふうに思うのは、わたしだけ？

あぁ、茜はわがままな子なのでしょうか⁉

「面白い、面白い。茜は子どもなんだから。大人になるとそんな元気はなくなるものよ」

「お母さまってば！」

「お前はお父さまの真似《まね》をして、ローマンチックなことばかり考えるようになってしまったわねぇ……」

そのお父さまも、昨夕から姿を見ていない。

わたしの両親はどちらも文人だった。

父は花村疎水《はなむらそすい》という筆名の売れない詩人で、同人誌をいくつか作ったのち、出版社から声を掛けられて本を出したりもしたけれど……、さっぱり売れなくて拗《す》ねてしまった。

それ以来（いや、お母さまのお話ではそれ以前から？）お父さまはペンを放り投げ、昼間っからお酒を飲んだり、外に女の人を作ったり、悪いお薬で軀を壊したり、どぶろくを密造して売ったり……と両手の指では足りなくなるほど好《よ》くないことを繰り返しては、警察のお世話になっているのだ。

「お父さまはまた外泊ね」

むっとして腕を組んだ。

「今回は吉原かしら、それとも玉ノ井？」

「どっちでも一緒だわ。お父さまなんて好きなだけ遊ばしておきなさい。それより、そろそろ学校へ行く時間でしょう？」

「いやだわ！　今何時!?」

「知りませんよ、時計をご覧なさいな。母さまは少し寝ますよ。昼前に編集者さんが来るから……」

「まだ洗い物してないわ、あぁ、お母さまの朝ご飯はテーブルに出してあってよ、それからお昼はお鍋《なべ》に煮物を作ってあるから……」

テラスから家の中へ飛び込んだ娘を抱き止めて、お母さまは優しく微笑《ほほえ》んだ。

「落ち着いて。片づけは私がやっておきますから、早くお行きなさい。ね？」

「お母さま……！」

眼鏡の奥のパッチリとした目が、柔和に笑みを作っている。娘の立場から見ても、母は非常な美人であった。

「……家事なんてちっともできないくせに！」

まぁ、と目を瞠《みは》った母の腕を離れて、あかんべぇをした。

お母さまは不器用だから、皿洗いをさせれば必ず皿を割るし、洗濯をさせれば洗濯板を割ってしまう。まったく、どうやったら割れるのか不思議でならない。

母、花村品子《しなこ》は流行作家だった。

彼女の小説は新聞や雑誌で連載されて、大人気を博している。

その稼ぎは外で働く男たちの平均をゆうに越え、家長がほぼ無職であるにもかかわらず、花村家はそこそこに裕福な生活を送っているのだった。

お陰で、わたしも幼稚部から高等女学校へ通えている。一家の誰も、このモダーンな母には頭が上がらない。

「行ってきまぁす！」

折鞄《おりかばん》を摑《つか》んで走り出した。

上野の街は朝から賑《にぎ》わって、家のある宅地を抜けると、足元はペーブメントに変わる。

革靴の底踏み鳴らし、セーラーの校服ひるがえし、自動車をかわして踊るように駆け……。


時は昭和六年。

わたし、花村茜は青春真《ま》っ只中《ただなか》にいるはずの、花も恥らう十四の女学生。

(あぁそれなのに、この虚無は何かしら？)

愉快な女学校生活を送りつつも、どこか物足りない心の隙間《すきま》を埋める術《すべ》を、わたしは探していたのだった。

昭和恐慌《きょうこう》の吹き荒れる東京は麴町《こうじまち》区、元園町《もとぞのちょう》に、喧騒《けんそう》から隔絶された乙女の園があった。

自由な校風が自慢の私立聖桐《せいとう》高等女学校は、十二歳から十七歳の子女のための五年制のミッション・スクールだ。

付属の幼稚部から初等部、そして予科から上がってきた生徒が多く、閉じた世界の文化は官立のそれよりも濃厚で繊細な情愛に彩《いろど》られていた。

本科二年、十四歳になるわたしもまた、幼稚部から通う筋金入りの「女学生」であり、境遇を同じくした加寿子さん――寒河江《さがえ》加寿子とは足掛け十年近くの時を共に過ごしてきた大親友だった。

「加寿子さん、ごきげんよう！」

校門を入ってすぐのところで彼女の姿を見つけた。

「ごきげんよう、走っていらしたの？」

靴箱の辺りには、登校してきた生徒たちが群れを成していた。呼吸を整えながら、加寿子さんと並んで歩きだす。

「またお家《うち》のことをしていたんでしょう。本当に偉いわね」

「だって、うちは普通のお家と違うんだもの、わたしがやるしかなくってよ」

「お女中さんを雇えばいいのに……」

「お母さまがいやだと言うのよ。若い女性もこれからは外で働くべきだって、安い賃金で、家のことをさせておけなんて考えが、女の自立を阻害するのだって」

「ふふふ、品子先生は流石《さすが》、先進的ねぇ」

彼女の長い三つ編みは、後ろから見るとわたしとそっくりなのだと、同じ組の人たちは言う。

別にお揃《そろ》いにしようとしているわけではないけれど、わたしも加寿子さんも、断髪には抵抗があったからずうっと伸ばしていて、髪の長い生徒は学校へ行くときは三つ編みにする他ないから、自然同じような髪型になる。

「大きな声を出しちゃいやよ。わたしのお母さまが花村品子だって知れたら」

「あら、みなさんもう知っているはずだわ、校内じゃ有名な話じゃない」

「そんなことなくってよ、みんな吃驚《びっくり》してしま……」

その時、とん、と肩に誰かがぶつかってきた。

咄嗟《とっさ》に出された加寿子さんの手に摑まって振り返ると、そこには、鋭い双眸《そうぼう》――。

「――失敬」

闇《やみ》のように艶《つや》やかな髪の毛先が揺れる。鋭角的な前下がりのおかっぱは流行《はや》っているけれど、彼女ほどの素直な直毛はそういない。

新青年を読みながら歩いていた彼女は、一瞬だけわたしに視線をやると、また表紙で顔を隠すように雑誌を持ち上げた。

同級生の、夏我目潮《なつがめうしお》さんだった。

無口で人の輪に入りたがらない彼女とは、ほとんど会話したことがない。

（〝失敬〟ですって……、やっぱり変わった人）

さっとわたしたちを追い越していった夏我目さんの、刈り上げられたうなじが白々としていて、なんだかどきどきしてしまった。

「……ねぇ加寿子さん、夏我目さんとお話したことあって？」

ぽそっと、親友に耳打ちする。

「ないわ。夏我目さんと仲の好い人なんて、あるのかしら？」

「夏我目さんって話し掛けてもそっけないものね。去年ね、席が近くだったから仲良くなろうとしたの。でもうんともすんとも言ってくれなくて……、きっと夏我目さんみたいな知的な人は独りが好きなのね。でもね、酷《ひど》いのよ！　数学のテストの答案が返ってきたとき、彼女、わたしの点数がちらっと見えてしまったみたいで、失笑したのよ。むっとしたから堂々と身を乗り出して覗《のぞ》きこんでやったら、なんと彼女は一〇二点なの」

「一〇二点？」

「出題の不備を指摘して二点の加点よ。とんでもないでしょう？」

「ふふふっ、そんな桁《けた》外れの人じゃあ、失笑されてもしかたないわ」

「あら、勉強は苦手だけど裁縫は組で一番の自信があってよ。お嫁に行ったら数学なんて必要ないじゃない。夏我目さん、実はお裁縫はからきしなのよ。彼女の縫い取りの課題を見たことがあるのだけど、それはもうガタガタで！　見かねて教えてあげようとしたら、彼女が嫌がって隠すものだから……」

ばん！　と大きな音。

夢中で喋《しゃべ》っているうちにいつのまにか下駄箱《げたばこ》の前に来ていた。そこで、夏我目さんが、上履きを床へ叩《たた》きつけるように置いたのだった。

わたしと加寿子さんはぴたっと息を止めて互いに顔を見合わせる。とっくに先へ行ったものと思っていた。

夏我目さんは、上履きを爪先《つまさき》につっかけて早足で歩いていってしまった。

すうっと心臓が冷えて、頬は反対に熱くなる。

聞こえていたのだろう。鉛塊《えんかい》が胃の中へ落ちたみたいだった。

「わたしったら、あんなにぺちゃくちゃと……失礼だったわよね」

「茜さんは別に悪気があったわけじゃないでしょう？　あなたが悪いなら、わたしも悪いわ」

加寿子さんも決まりの悪そうな顔をしていたが、靴箱へ手を伸ばすと、あっと顔をほころばせた。

淡い生成り色の封筒が入っていたのだ。彼女は穏やかな笑みを浮かべて胸に抱いた。

「お手紙、お姉さまから？」

「ええ」

加寿子さんには、特別に親しくしている上級生のお姉さまがあった。二つ上の四年生で、バイオリンの上手な美しい人だった。

もちろん本当の姉ではない。

女学校では、主に上級生と下級生が、特定の相手と姉妹のように親密に付き合うことは珍しいことではなく、こういった関係はシスターの頭文字をとって「エス」と呼ばれた。

脇《わき》を通り過ぎていった少女が、さりげなく加寿子さんに視線をくれる。他にも隠し切れない好奇心の気配に取り囲まれていた。

加寿子さんもお姉さまも、特に隠そうとしているわけではなかったからか、二人がエスであることは学校中で周知の事実だった。

堂々としているところが、とても加寿子さんらしいな、と思う。


（お姉さま、ねぇ……）

わたしにもいつか、そんな特別な人ができるのかしら？　それとも妹？　ううん、年上の頼れるお姉さまが好《い》いわ。

あぁ、どんな人が好いだろう。

活動写真に出てくるような、美しい人が好い！

優しくて凜々《りり》しくて……、美人でも野暮ったくちゃあいや。社交術に長《た》けて、近代センスがあって、それから詩の好きな人が好い。それでいて他の人とはどこか違っている感じで――

「花村サン」

……と、頬杖《ほおづえ》ついて窓の外を眺めていると、英語担当の尼僧《にそう》が、丸めた読本でぽんとわたしの肩を叩いた。

「イケマセン。ワタシ、今、話シテイマス」

「は、はい！」

慌《あわ》てて姿勢を正す。彼女は仏蘭西《フランス》から来た二十歳そこその乙女で、ミス・バルドオといった。

金色の髪に空色の瞳《ひとみ》が美しい彼女に、憧《あこが》れている生徒が何人もあるという。彼女はいつも慈愛溢《あふ》れる微笑をたやさないが、授業の内容は難しく進みが早いことで有名だった。

だけど、わたしは知っている。

ミス・バルドオだって、春先はしょっちゅう窓の外を眺めていること。そのせいで無意識に窓際《まどぎわ》の生徒ばかり当てていること。

（こんな暖かい日は教室になんていられないと思うのは、生徒も先生も一緒だわ……）

同級のみんなはまだ知らないけれど、実はミス・バルドオのこの癖は、上級生の間では有名らしい。

加寿子さんはお姉さまからいち早くそのことを聞いて、新学期早々、わたしにも教えてくれたのだ。教えてもらったところで、予習をきっちりしておくくらいしか対抗手段がないのだけれど。

開いていた窓から吹き込んだ風がカーテンを揺らした。窓際の一列には五つの机が並んでいる。わたしの席はその真ん中だった。

「春ハ、外、遊ビタクナル。窓カラジャンプシマスカ？」

「の、のー！　のーさんきう！　みす・ばるどお！」

教室中からくすくすと笑いが漏れ、顔がかあっと熱くなる。すぐ後ろの席に座る加寿子さんまで笑いを抑えているのが聞こえてきた。

そんなに笑うことないのに、と思いつつ教室を見回すと、その中にただ一人、少しも笑わずにこちらを見ている仏頂面《ぶっちょうづら》があった。夏我目さんだ。

（今朝のこと、まだ怒っているのかしら）

目が合うと、彼女はふんっと視線を逸《そ》らしてしまった。

わたしの代わりに当てられた二つ後ろ、最後尾の席の少女が、きびきびと一文を読み上げる声が流れてくる。お堅いことで有名な級長の上谷房子《かみたにふさこ》さんだ。彼女のお父さまは外交官なのだという。

彼女は語学が得意で仏蘭西語と独逸《ドイツ》語のお稽古《けいこ》までしていて、この学校の外国人尼僧にも語学を習いに行っているので教師からの評判はすこぶる好かった。しかし、流暢《りゅうちょう》な発音が鼻につくと、誰かが悪口を言っていたのを聞いたことがある。

(わたしもあんなふうにお勉強が得意だったらなぁ……、英吉利《イギリス》に留学して、女通信員になんかなったりして、タイプライターをパチパチ……って)

はぁと溜息を吐《つ》く。欠伸が出そうだ。

英語の時間が終わると、次は音楽の授業だった。

教室ではかしましくお喋りの花が咲き、それぞれ仲良し同士で連れ立って移動し始める。

わたしも加寿子さんとほてほて廊下を歩いていたけれど、あっと気がついて足を止めた。

「いやだ、筆箱を忘れてきてしまったわ」

「あら、戻る？」

「先に行ってちょうだい、すぐ追いつくわ」

早足で廊下を戻った。

(春のせい。春のせいだわ、こんなにぼんやりしてしまうのは)

渡り廊下を行くとき、校門のところに人影が立っているのを見つけた。その珍しい姿に目が吸い寄せられる。

「兵隊さん……？」

門扉《もんぴ》に寄りかかっていたのは、暗い海松色《みるいろ》の軍服を着た若い男だった。

女学校に軍人なんて……と考えるやいなや、窓枠の外から一人の女生徒が走って現れたので、吃驚して足を止めた。

夏我目さんだわ！

思わず硝子《ガラス》に顔を押しつけ、おでこがひやっとなる。

夏我目さんは、嬉《うれ》しそうに兵隊さんを見上げていた。

兵隊さんの横顔は、はっとするほど綺麗《きれい》な白い頬をしていた。凜々しい蛾眉《がび》。背はそう高くはないけれど、しなやかな美丈夫だった。

夏我目さんと親しげに言葉を交わしている様子……かと思いきや、彼はすっと手を伸ばし彼女の頬を撫《な》ぜた。彼女は避《よ》けない。少し顎《あご》を上げて、気持ち好さそうにすら見えた。

あの夏我目潮が……！

両手で口元を押さえる。

（なんてこと。……あぁ、茜は大変な秘密を見てしまった！）

それにしても、あの兵隊さん、どこかで見たことがあるような気がする……。

予鈴が鳴った。

目的を思い出して教室へ急ごうと顔を上げたとき、目と鼻の先にわたしと同じように窓の側《そば》で立ち止まって校門を見下ろしている少女が、いた。

「あっ……、ま、丸川《まるかわ》さん……！　いつのまに」

呼ばれると、彼女はなんということもなく顔を上げて「ごきげんよぉ」と言った。そしてまたすぐ視線を戻す。

同じクラスの丸川環《たまき》さんだった。彼女とも、ほとんど話したことがない。

彼女もまた、いや、彼女は夏我目さん以上に孤高の変わり者として有名だった。

「逢瀬《おうせ》だわ、逢瀬。一大スキャンダル」

と、丸川さんは薄い唇を尖《とが》らせてぴぃと口笛を鳴らした。

彼女はいつも、教室移動の際はぎりぎりに移動を始めて定刻きっちりに現れる。

以前、教師にいつも最後に来ることを咎《とが》められたら、彼女はきょとんとして「早く行くだけ待っている時間が無駄ではありませんか」と平然と言ってのけたのだ。それも男の教師相手に！

尋常小学校から外部入試で入ってきた彼女は、入学以来、すべての座学で満点以外取ったことがないという伝説を打ち立てている。

昼休みはいつも一人、席で工学か何かの技術書を読んでいるか、方眼紙に図面を書いているか、ナイフで竹とんぼを削ったりしている。

ぽんぽんとした林檎《りんご》のようにまあるく膨らんだ癖っ毛の断髪、瓶底眼鏡の奥の円《つぶ》らな一重の目、いつも曲がっているスカーフ（あら、今日は寝癖もついている）。頭はすこぶる好いのに、どこか抜けている印象だ。

「あの兵隊さん、一体誰かしらね」

「あれま、ご存知ないの？」

「丸川さん、知っていて？」

「モチよ。有名人じゃない、みーんな知っていてよ」

彼女は逆に目を丸くした。そして、平然と歩き出してしまう。

「誰？　誰なの」

「アイシンカクラケンシサン」

「はい？」

彼女は立ち止まることなく横をすり抜け、歩き去らんとする。わたしは振り返り、背中に問いかけた。

「待ってちょうだい、今なんて……？」

「これ以上は遅刻するからもう止まれないわ。あと二分よ。あなた、教室に忘れ物？　なら走ったってもう遅刻決定だわよ」

「あぁ、そうだった！　急がないと」

わたしはおろおろと慌て、ついに走り出した。

尼僧に見つかったら大目玉だろう。だけど、諦《あきら》めない少女にこそ神さまは幸福を約束してくださいますと、彼女たちが言っていたのではないか。そうだ根性で間に合わせるのだ。

急げ急げと駆けていたがしかし、下駄箱の脇を通るときに、校門の側でまだ二人が立ち話をしているのが見えた。

「もう、夏我目さんったら、サボタージュする気かしら……？」

通り過ぎようとしたけれど、やきもきして踵《きびす》を返す。

（ええいままよ！　もう怒られてしまおう）

玄関から覗くと、兵隊さんはすぐにわたしに気づいて、にこりと笑った。

「潮、お友達が連れ戻しに来たみたいだぞ」

夏我目さんはばっと勢い好く振り返る。

驚きに見開かれた双眸は、じっとりとしたいつもの目つきに変わった。

「あのう……授業に遅れてしまうと思って……。お話中にごめんなさい、でも急いだほうが好くってよー！」

口元に手をかざし、大きな声でそう言うと、兵隊さんはつかつかと軍靴《ぐんか》を鳴らして近づいて来た。

「やぁ、可愛《かわい》らしいお嬢さん。親切にどうも。お名前は？」

「いえ、どういたしまして……」

可愛らしい！　可愛らしいと言われてしまった！

「その、茜といいますの。花村茜。夏我目さんとは同じ組なんです」

「そうかいそうかい、いつも妹が世話になっているね。コイツは偏屈だから、教室で上手くやれているかいつも心配だったんだ」

「妹!?」

夏我目さんに、兵隊さんのお身内なんていたの――？

と言いかけて、口を噤《つぐ》む。

というのも、夏我目潮は他の生徒と違って、家庭環境が特殊ということで、わたしの家のように、校内では一寸《ちよつと》した噂《うわさ》になっていたのだ。

曰《いわ》く、夏我目潮は父なし子、と。

彼女の家は、母と子二人きりの暮らしをしているのだという。

家は浅草のぼろ長屋で、母はいかがわしい芝居小屋で肌をさらし、名ばかりの女優をしている。その母も一人の親戚《しんせき》もなく天涯孤独の身であり、親子は肩を寄せ合って生きている……と。

そんなつましい家の少女は、この学校では夏我目さんの他に一人もない。

父はいないけれど母に恋人があって、生活費や学費はその人がなんとかしているとか、いないとか……様々な話を聞いたことがある。

中には悪意を感じる噂もあった。きっと温室育ちの子女が集まる場所で、異分子として彼女を好く思わない人がいることの証《あかし》なのだろう。

夏我目さんが、ずんずんと大股《おおまた》で戻ってきた。わたしのことなど見えていないかのようにつんとしている。悪いことをしたかしら、とちらり見やると、兵隊さんは「ご覧のとおりだ」と高らかに笑った。

「学校にまで押しかけて悪かったね。時間がなかったのだから許しておくれよ。ほんの少しでも、会えて好かった」

夏我目さんはようやく振り返って、物言いたげに彼を睨《にら》んだ。

「本当さ。僕はこれから生きるか死ぬかのいざこざに巻き込まれるのだ。元より一度死んだ身だ、命など惜しくはないがね！」

「また、そうやって大袈裟《おおげさ》なことを。兄さまは昔から嘘ばかり吐くのだからもう信じないぞ」

兵隊さんは笑い顔のまま、髪をかき上げた。かと思うと、しんみりと響く声で言う。

「今度こそ、本当だよ。これから世界は大きく動く。この国も、その渦に巻き込まれていくだろう」

夏我目さんは何か言いたいのに言葉が出ない、というふうに薄い唇を少しだけ開いていた。

「……そんな顔をするな。お前の花嫁姿も見ずに死ぬことなんてするものか」

「僕は結婚なんかしない！」

（〝僕〟……だって！　やっぱり、やっぱり、変わった人！）

夏我目さんの横顔から目が離せなくなってしまう。

「……もういい加減に帰るとするよ、船の時間もあるしね」

兵隊さんはにんまりと笑い、

「潮、元気でいたまえよ！」

と、片手を高く上げて去って行った。

突風のような人だった。よく通る声が清々《すがすが》しくて、活気に溢れて……。

しんと静まり返る下駄箱の前。頭の中は膨らんだ好奇心でいっぱいになる。

「夏我目さんってお兄さまがいらしたのね？　初耳よ、一人っ子じゃあなかったの？」

夏我目さんは、溜息混じりに口を開いた。

「君に家族構成を話したことはないはずだよ」

「あら、でも知っているもの。……その、お家のお噂は、本当のこととは違うの？」

「違わないよ、おおよそ本当さ」

上履きの爪先をとんとんと床に打ちつけた彼女は、じろりと睨んできた。

「どこで知ったんだか知らないが、そんなどうでもいい話を広めるのに躍起になって、みんなご苦労なこった」

本当はなんにも楽しくないとばかりに片側の頰だけ吊《つ》り上げる。まるで、勉強しすぎて退屈した大学生みたい。色んなことを知りすぎて、飽きてしまって、皮肉ばかり言う男の人のような。

だけど不思議と、悪感情は持たなかった。

夏我目さんがわたしを置いてさっさと歩き出したので、その背を追いかけた。誰もいない廊下に足音が響く。

「ねぇ、ねぇ！　夏我目さん！　お兄さまってどんな人？」

「…………」

「とっても素敵な方ね。何か一緒に暮らさないわけがあるの？　お年はいくつ？」

「君はほんの少しでも黙っているってことができないのか？」

夏我目さんは、振り切ろうとするみたいに教室へ入り、授業のお道具を取りだした。

わたしはむうっとして唇を引き結んだけれど、気になるのだから聞かずにはいられない。

「どうして教えてくれないの？」

「なんだってそんなに知りたがるんだ」

「だってあの方が大好きなのでしょう？　夏我目さんのあんな嬉しそうな顔、初めて見たんだもの」

「はぁ⁉」

素《す》っ頓狂《とんきょう》な声を上げて振り返った彼女は、ノートを手から滑らせそうになった。

「大好き、だって？　そうじゃない！　僕は単に、日本のために生きている芳兄《よし》さまを尊敬しているだけでだな……」

「まぁよし兄さまっていうのね！　どんな字？」

「耳なし芳一の『芳』だ……」

「ミミナシホーイチ？」

「民話だよ。ラフカディオ・ハーンなんか知らないだろうさ、君みたいな軟派な少女は」

ああ、あの子もこの子も、変わった人はみんな難しいことを言う。

呆《あき》れたような、馬鹿《ばか》にしたような態度を取られ、普通なら怒りが湧いてくるのだろうが、わたしには夏我目さんが、わざと嫌われようとしているように見えた。

「どこの国のお話かわからないけど……。よく洋書も読んでるものね、夏我目さんは。原文のまま読めるなんて羨《うらや》ましいわ」

「……なら君も、少女の友や令女界以外の活字を読んだらどうだ」

「じゃあ、今度おすすめを教えてちょうだいな」

夏我目さんはそれ以上何も言わず黙って廊下を進んで行った。

わたしは急いで机から筆箱を取り出し、彼女を追いかけた。ほとんどお話をしたことのない昨日までと違って、不思議と気まずさを感じなかった。

もう一年以上同じクラスになるのに、こんなにたくさんお話したのは初めてだ。なんだか嬉しくって、知らず、顔がにっこりしてしまっていた。


夏我目さんは音楽も好きではないみたいだった。

あれから、結局二人で遅れて音楽室へ到着し、教室の後ろに並んで立たされた。唱歌には参加したけれど、夏我目さんはやる気がなさそうに小さく口をぱくぱくするだけだった。

(裁縫も嫌い、音楽も嫌い。たしか、図画も下手くそだったし、字も汚い……、新青年と数学が好きだなんて、ますます男の人みたい)

「疲れたわ、座りたぁい」

呟《つぶや》くと、彼女も前を向いたまま囁《ささや》く。

「僕のことなんか放っておけば好かったろう」

「いいえ」

「はん?」

「それとこれとは別よ、声を掛けて好かったわ」

「そこ!　お黙りなさい。なんのために立たせていると思っているのですか」

びくりと肩を竦《すく》めるが、夏我目さんは不機嫌そうなままだ。

それから、音楽の授業が終わり、わたしは加寿子さんと二年一組の教室へ戻った。普段通りにお喋りしながらも、ぞろぞろと教室へ向かう少女の群れの中で、後ろのほうにいる彼女の気配を探ってしまっていた。

席へ着き、お道具をしまおうとして、机の中に何かが入っていることに気がついた。手元へ引き寄せると、それは真白い二つ折りにされた便箋《びんせん》。封筒はない。

(お手紙?)

開いてすぐ、目に飛び込んできた文字にぎょっとする。


——貴女《あなた》の重大な秘密を知っています。

短い一文の下には、走り書きのような筆記体の文字が並んでいた。読もうとしたがすぐに断念する。癖の強いせいか、文字はアルファベットの判読すら難しいほど乱れていてまるで読めなかった（わたしの勉強不足のせいではない！）。

周りに見られていないかしら、と不安に駆られて顔を上げると、次の授業の先生が教室へ入ってくるところだった。

心臓がじわじわと拍動を上げていく。

わたしの秘密……？　「重大な秘密」⁉

恐怖と羞恥《しゅうち》に鉛筆を握る手がわなわなと震えだした。

日記に書いた国語の先生への文句のことかしら？　いや、そんなつまらないことのはずはない。二年前、阪神急行電鉄に「宝塚少女歌劇団に入りたい」と手紙を書いたことかしら（結局お父さまに見つかってからかわれたから出さなかった。あぁ、どうして入団できると思ったのか、穴があったら入りたい）。

何故《なぜ》⁉　重大な秘密とはいったい！

放課がこんなに待ち遠しかったことはない。

ずっと上の空で座り続け、悩んだ末に出した結論は「加寿子さんに相談する」というものだった。帰り仕度をする彼女を呼びとめ、カーテンの陰に引っ張り込んで手紙を見せると、加寿子さんも目を丸くした。

「これは？」

「教室移動から帰ってきたら机に入っていてよ、ねぇ、下の汚い英語読める？」

「汚いって、確かに読みづらいけれど、これ英語じゃないわ。仏蘭西語じゃなくって？　アクサン記号がついている」

加寿子さんは文字の上の点を指差した。

「わかるのね！　あなたに相談して正解だったわ、なんて書いてあるの？」

「そこまではわからないわよ。差出人の名前はないのね……」

紙を裏返してみたり、と彼女は丹念に調べてくれたが他に手掛かりはなさそうだった。

「どうしましょう、困ったわ。気味が悪い」

溜息を吐くと、加寿子さんは元通りに折り直して手紙を返してきた。

「誰か読める人に教えてもらうしかないんじゃなくて？　ミス・バルドオとか」

「何が書いてあるのかわからないのよ。恥ずかしいことが書いてあるかもしれないわ……」

宝塚のこととか。

「そうねぇ、なんだってこんな手紙……、きっといたずらよ、放っておきましょう」

「それも恐《こわ》いわぁ、このままじゃ夜も眠れなくってよ！」

この仏蘭西語の部分に、「今日中ニ、五円寄越サネバ皆ニ暴露ス」とでも書かれていたらどうするのだ。

「じゃあ、懺悔《ざんげ》室に持っていくのはどう？」

「あの柵《さく》の向こうには、結局尼僧の誰かがいるんだもの、同じだわ」

なんだか、もう、泣いてしまいそうな気がした。

「仕方がないわねぇ、じゃあ……誰かにお知恵を拝借しましょう」

と彼女はカーテンの隙間からそっと教室を覗いた。

「〝電気ガール〟さんは？」

「えっ」

加寿子さんが呼んだ名は、丸川さんの愛称だった。

電気のよに刺激的なスプーキーであることに加え、彼女のお家が「丸川電気機器」という新鋭の電機メーカーであることから来ているらしい。

「相談になんて、乗ってくれるかしら？」

丸川さんの席もまた、窓際の列だった。一番前の席。すみやかに帰り支度をする彼女は、およそ学校に持ち込む必要のなさそうな虫眼鏡や釘《くぎ》や、用途の知れない工具をズックの鞄に詰めてパンパンにしていた。

「確かに、感情の読めない人だものね」と加寿子さんは視線を他へ移した。

「じゃあ、級長はどうかしら？　丸川さんよりかは気安いでしょう？」

「そうねぇ彼女なら、仏蘭西語がペラペラのはずだものね……」

「大丈夫よ。真面目《まじめ》な方だから口は堅いはず。それに内容によっては味方になってくれるかもしれないわ。あなたの秘密を知っている、なんて脅迫のような手紙だもの。……房子さん！」

頷《うなず》く前から、加寿子さんは私の手を引いて、級長——上谷房子のところへ向かってしまった。

「はい」と顔を上げた彼女は、少し怒ったような顔つきが癖になっているらしい。にこりともせずにわたしと加寿子さんに近づいて来た。

「一寸、お花を摘みに行きませんか？」

外に跳ねた短い髪が揺れて、前髪の下の細い目がいぶかしむように動いた。

「かまいませんよ」

級長はすぐに察してくれて、まっすぐ廊下へ出た。わたしは加寿子さんの後ろにくっついているだけで不安でいっぱいだった。

二人でついて行くと、彼女はお手水場《ちょうずば》のへりに軽くもたれて待っていた。誰もいないのを確認してから、わたしは級長に軽く頭を下げる。

「あの、ごめんなさいね突然。実は相談があって……」

「みんなの相談を聞くのも級長の役目です。なんですか？」

まるで生活指導の先生が同い年になったかのような態度。けれど彼女はいつも几帳面《きちょうめん》で、教室で問題が起きたときは必ず公平で正論を言うから、確かに加寿子さんの言うとおり相談相手として適役だったかもしれない。

例の手紙を、級長は無言で受け取り黙読した。

「これが、机に入っていたの。房子さんなら読めるかと思って……」

かくかくしかじか説明するあいだ、級長は眉間《みけん》に皺《しわ》を寄せていたが、やがて腕を伸ばして返してきた。

「……わかりません」

「まあ、房子さんでもわからないの？」

「ええ。仏蘭西語のようですが、意味を成さない出鱈目《でたらめ》な文章としか思えません」

「え？」

わたしと加寿子さんは同時に聞き返した。

「ですから、主語も述語もぐちゃぐちゃで、適当な単語の羅列で出来たような文章です。訳すのは難しい」

「そんな、ますます意味がわからないわ……」

差出人は何を考えているのかしら？　私の秘密？　誰かに知られるような、そして脅しのようにわざわざ突きつけられるような。

頭をひねっていると、唐突にさっき見た兵隊さんの凜々しい姿が脳裏に浮かんだ。ずっと母子家庭、と言われてきた夏我目さんに実は兄がいるなんて、冷静になってみると信じがたい。

やはり、目撃して真っ先に思った通り、二人は「秘密」の関係で……。

（もしや、二人は以心伝心で咄嗟に嘘《うそ》をついたんじゃないかしら？　だとしたら、大きな秘密を持っているのは、わたしよりも夏我目さんのほうだわ）

実は不純異性交遊をしているだなんて、きっとクラスの誰よりも大きな秘密だろう。おかしなこと。彼女の元にこんな手紙が来るならまだわかる。よくよく考えてみるとわたしには羞恥の秘密はあっても、悪事の秘密はないはずだ。脅しの材料としては弱い。

わたしの様子をうかがっていた級長は、いつの間にか鋭い視線になっていた。

「何か、人に知られては困るような秘密をお持ちなんですか？」

「い、いいえ！　何も……」

「そうですか」

寮監の先生に呼ばれているので、と話が済むなり級長はお手洗いを出て行った。

「やっぱり気にしないほうが好《よ》くてよ、わたしたちも帰りましょう」

加寿子さんはわたしの背をさすりながら微笑《ほほえ》んだ。

教室へ戻ると、もうほとんどの生徒が帰っていたが、ただ一人、わたしの前の席に座る少女、佐伯頼子《さえきよりこ》だけが、ぽつねんと座っていた。

「ごきげんよう」と挨拶《あいさつ》をし教室を出ようとしたが、わたしは一寸気になって振り返った。いつも朗らかな彼女が浮かない顔をしていたからだ。

「頼子さん、お帰りにならないの？」

「え、ええ……」

「どなたか、待っているの？」

「その、級長さんに、聞きたいことが……」

わたしと加寿子さんは顔を見合わせた。

「まあ、彼女、寮監の先生に呼ばれているからってさっき言っていたわ。今頃寮へ行っているはずよ」

それを聞いて、困ったような顔をする頼子さんに、まさかと思いつつ近づいていく。

「もしかして、仏蘭西語の翻訳を頼みたいの？」

彼女は蒼白《そうはく》な顔になった。


——そうして、わたしたちは互いの事情を打ち明けた。

すると、驚くべき事実が判明したのだ。

「あなたたち二人とも、同じ手紙をもらっていたってこと？」

加寿子さんが、一言でまとめた。

わたしはがっくりとうなだれた。

「なんだってこんなことをするのかしらね。差出人は一体、なんのつもりかしら？　頼子さん、それ誰かに見せた？」

隣の席の方にと、とくに親しい友人の名を挙げ、頼子さんはぶるぶると唇を震わせた。

（あぁ秘密って、誰にでもあるものなのね……）

校門までの道すがら、加寿子さんはふいに口にした。

「ひょっとして、差出人は、茜さんと頼子さんを恐がらせたいのかしら……」

「恐がらせるだなんて……私たちに恨みでもあって？」

「そうかも、しれないわ……。だって、秘密と引き換えに何かを要求してくるでもなく、ただ『秘密を知っている』と告げてくるだけなんて、それ以外に目的が思いつかなくてよ」

「言われてみればそんな気がしてきたわ……。加寿子さんは鋭いのね」

じゃあ恐がっていれば、差出人の思う壺《つぼ》ではないか。

わたしはキッと顔を引き締める。これからも嫌がらせの手紙が届くかもしれない。それなら余計に、毅然《きぜん》としていなければ！

しかし、事態は予想外の方向に転んだ。

秘密をバラされたくない、という誰しもが持つ想《おも》いは、それ故《ゆえ》の行動を合理的にするものとは限らないのである。

かいつまんで言うと、当事者の〝少女たち〟は不安で不安でしょうがなくって、胸にしまっておくことができず、わたしや頼子さんのようについ誰かに相談してしまい、聞き耳を立てた誰かさんも混じって、事態は人から人へとあっという間に伝播《でんぱ》してしまった。

……というわけだ。

翌日。

〝二年一組の窓際の席の、寒河江加寿子以外全員に、同じ内容の怪文書が届いた〟

そんな噂が、学年中に広まっていた。

窓際最前列、丸川環の何を考えているかわからない背中が見えた。

その後ろ、昨日話した佐伯頼子の頼りなげな肩が震え、

その後ろ、わたしはむかむかと頬を膨らませ、

その後ろ、に座る親友、寒河江加寿子を想う。

最後尾、ただ一人、いつもと変わらぬ真面目顔をするは、級長の上谷房子……

「変よ、加寿子さんだけもらっていないなんて」

「おかしいわよねぇ、あの人、本当は何か知っているのじゃなくて？」

囁き声にえいと手首で消しゴムを投げてやったが、暴投のため気づかれることすらなく床へ落ちた。

「茜さん」と加寿子さんが肩を叩く。

振り返ると、落ち着いた彼女の表情が余計にわたしを悲しくさせた。

「いつも通りに、していましょう」

「だって……！」

「言わせておけば好くてよ。わたしたちは何も悪くないのだから」

わたしはそんなに大人にはなれない。

悔しくって、もやもやしてしょうがない。

「ねぇ」と加寿子さんの肩越しに、最後尾の彼女に問いかけた。

「房子さん、あなたも手紙をもらっていたのなら、どうして言ってくれなかったの？」

「……あの時は、気づかなかったんです。机の奥に入れられていて。寮監の先生の元から戻ってきて、帰り支度をするときに見つけました」

級長は無表情のまま答えた。

「私だって、四人とも同じ手紙をもらっていたとわかっていたら、黙ってはいませんでしたよ」

呟いた級長の言葉に、わたしも加寿子さんもそう、と頷くしかできなかった。

くすくすと、可憐《かれん》な笑い声と裏腹な冷たい言葉たちがさらに響く。

「一番最初に手紙を見つけた人は、音楽の移動のあと、教室に戻ってきたときに気がついたんですって」

「じゃあ、その間に誰かが……」

「絶対にお隣のクラスよ、二組の人が犯人じゃなくって？」

「それより、茜さんが音楽室に遅れてやってきたのが気になるわ。あの人、忘れ物をしたからと言って、一人で教室へ戻ったのよ」

その時だ、空気を切り裂くようなきっぱりとした声が響いたのは。

「——やれ、馬鹿らしいな。アリバイなら僕もないぞ」

みんながぎょっとして、声の主に注目する。

夏我目潮は、開いた本から目を離さぬまま、喋《しゃべ》った。

「……僕と花村さんは一緒に音楽室へ到着した。ずっと一緒にいたわけではないから、合流前に彼女が何をしていたかは知る由《よし》もないが、それは彼女だって同じで、僕がどこで何をしていたかなんて知らないんだから、アリバイのないのは僕ら二人ともだ。どちらかというと、一番に教室を出て、一番最後に音楽室へついた僕のほうが怪しいと思うがね。もちろん手紙を出した覚えなどないが」

内容よりも、夏我目潮が喋っている、という珍しさに教室の空気は一気に変わる。

「あり、ばい……？」

少女の一人がおずおず口にすると、夏我目さんは失笑した。

「蟻《あり》でも蠅《はえ》でもないぞ。いなか、の、警察が勘違いしてお嬢さまを冤罪《えんざい》逮捕しようとした話があるが……、とかい、の、女学生にも馴染《なじ》みがない言葉か」

静まり返った教室で夏我目さんとは対角線上の離れた席から、けらけらと笑い声が上がった。

耳慣れないその声の主は、なんと丸川環だった。

「あなた、夢久《ゆめきゅう》なんてお読みになるの？　おっかしい！」

何がおかしいのだと言わんばかりに、夏我目さんは眉根《まゆね》を寄せる。

変人二人が突然喋り出したことに、全員があっけに取られていた。

それきり、再び立ち込めた沈黙を夏我目さんは咳払《せきばら》いで打ち破り、噂をしていた少女たちへ顔を向けた。

「アリバイというのは『現場不在証明』という意味だ」

面倒くさそうに、ゆっくりと視線を流す。

わたしは食い入るように彼女を見つめていた。

「机は一列五つ、寒河江さんの分を除いてたったの四つ。それだけの数なら手紙を入れるくらい、いくらでもチャンスはある。音楽の授業のあと真っ先に教室に戻ってもいい」

（……え？　なら、夏我目さんにはその、「ありばい」があるじゃない）

だって、わたしが二階の渡り廊下から外にいる夏我目さんを目撃して、それから下駄箱で会って、一緒に教室へ戻った。その時私の机には手紙なんてなかった。それから一緒に音楽室へ行ったのだから。教室へ戻るときも、彼女はわたしより遅れて着いた……。

「あの、夏我目さん。あなたはお教室にいないあいだ、校門で……」

また、あのじっとりとした双眸《そうぼう》で睨まれて思わず声を詰まらせた。

（……そうか、夏我目さんは、あの兵隊さんとのことを言われると困るのだわ！）

婚約してもいない男女の交際なんてとんでもない。下手をしたら退学も免れないだろう。

それで彼女は、あるはずの「ありばい」をないと言い張っているのか。

無言の圧力が、切っ先となってわたしに突きつけられた。

やはり、兄というのは嘘なのだ！　あぁ、考えただけで顔から火が出てしまう。

夏我目さんは浅草に住んでいるのだから、きっと色々と見聞きして、自身も色々と進んでいるに違いない。

　あの兵隊さんとはどこで知り合ったのかしら？　手を繫《つな》いでいつまでもベンチで語らい……いいえ、彼女のことだから、活動写真館の闇《やみ》に紛れて熱い接吻《キッス》を交わしたり……！

「……きゃっ」

「君は何を百面相しているんだ……」

　夏我目さんの低い声に、わたしはそっとウインクしてみせる。

（大丈夫、茜の口は金剛石《ダイアモンド》の硬さよ！）

　夏我目さんは眉間に皺を寄せて硬直していた。嫌悪感《けんおかん》丸出しのような表情だけれど、わたしには彼女の顔に「ありがとう」と書いてあるのはお見通しである。

　やがて、気を取り直したように顔を上げた彼女は、窓際《まどぎわ》の五人へ、すうっと手を差し出した。

「例の手紙、見せてくれないかい？」

　くちなしのような、手。

　自分を僕という彼女が紛れもなくわたしとおなじ少女だという証だった。

　誰一人動かない中、吸い寄せられるように自分のもらった手紙を彼女へ差し出した。

　夏我目さんは満足げに受け取った。

「他の三人は？　大事にとっておきたいのかい？」

　夏我目さんが挑発気味に言うと、級長が苛立《いらだ》ったように立ち上がった。

「いりません、こんないやな手紙」

　彼女が夏我目さんへ手紙を押しつけると、頼子さんもそれを合図に手紙を手渡しに席を立った。

　夏我目さんが、最後の一人、丸川さんに手を差し出すと彼女は手紙で口元を隠して、くふふと笑った。

「あたしは拒否よ。独自解析するわ」

「はん、何をどうするつもりだい？」

「古今東西の暗号解読法を当て嵌《は》めてみるの」

「暗号か……そうか、その可能性もなくはない……か。しかし、資料は一箇所に集めたほうが効率が好いんだがな」

　彼女は丸川さんに負けじと、余裕の笑みを見せつける。

　丸川さんは片目をつむって首を傾《かし》げた。

「集めたところで、どれも同じ手紙なのでしょう？　じゃあ一枚あれば十分じゃない」

「確かに、同じだね。文面は」

「……あーら、そう」

丸川さんは手紙を目の高さに上げて、じっと凝視した。

僅《わず》か三秒。立ち上がり、夏我目さんの机の前へ行く。

「じゃ、あげるわ。もう暗記したから」

夏我目さんはどこか面白そうに、それを受け取った。手渡された紙へ俯《うつむ》く。涙袋に落ちた睫毛《まつげ》の影が、左右に揺れる。

それから彼女は、ぐるりと教室を見回した。

「真相を知りたい奴《やつ》は、放課後に音楽室へくるといい。あらかた目星はついている――」

とっとっとっ。と、心臓が音を大きくし始めていた。

「大言壮語だこと」

と、丸川さんが眼鏡のふちを押し上げた。

「でも、一寸楽しみね」

静かになった教室がまたざわざわし始める。みんな、聞こえていないフリをしながら、机へ戻って一時限目の準備をしだした。

当の夏我目さんは、何を想うか、つんと前を向いている。

「君も席に戻ったらどうだ？」

その健《すこ》やかさとはほど遠い瞳《ひとみ》の昏《くら》さを、少しも嫌いになれそうになかった。

放課後。

わたしと加寿子さんが引き戸の隙間《すきま》から中を覗《のぞ》くと、机の上に足を組んで腰掛けた夏我目さんが、すぐに気がついてこちらを見た。

「いらっしゃいお二人さん！　ほーら、入った入った」

駆け寄ってきた丸川さんが、がらりと戸を開いて、わたしたちはつんのめりながら音楽室の中へ入る。

教室にはこの二人しかいなかった。

「他に、誰もいないの？」

加寿子さんがぽつりと呟いたので、そっと耳打ちする。

「だって仕方ないわ、夏我目さんの呼びかけだもの、みんな来づらいのよ……」

丸川さんが盛大に噴き出した。

「茜さん聞こえてる！　かわいそーよ、いくら潮さんに人望がないからって正直に言っちゃあ……」

「人望がないのはお前もだろうが！」

丸川さんは夏我目さんに怒鳴られても、まるで反省していない調子で肩をすくめた。

「あたし？　あたしはこんなにも友好的じゃない。潮さんみたいな寡黙《かもく》な人よりずーっと話し掛けやすくってよ、ねぇ茜さん？」

「え⁉　えぇ……そうね！」

「ほらご覧なさい、くふふ」

わたしは加寿子さんと顔を見合わせて、苦笑いした。

夏我目さんが唇を引き結んでいることに気がつく。

「あっ、違うのよ、夏我目さんだって話し掛けにくいなんてことないんだから。本当よ、ただ一寸だけむすっとしてるところとか、男の子みたいな言葉遣いとか、面食らってしまうだけで！」

「…………」

取り繕うわたしを冷ややかに見下ろす彼女の背後で、戸が開いた。

級長と頼子さんだった。

「全員集結」と丸川さんが嬉《うれ》しそうに眼鏡を押し上げた。

夏我目さんは教壇に上がり腕を組んだ。

仁王立ちした夏我目さんは、壁に寄りかかる丸川さんを手で壇上に呼び寄せた。

「実はね、みんながくる直前に、僕は環に暗号解読の首尾を訊《き》いておいたんだ。それでようやく自分の推理に確信が持てたわけだ」

暗号解読――丸川さんは手紙に隠された意味があると考えていたのだろう。

そして、夏我目さんはそうは考えていないようだった。

丸川さんが残念そうに溜息《ためいき》をついた。

夏我目さんは意外にもそんな彼女を少し気遣うように唸《うな》る。

「僕としては、謎《なぞ》さえ解ければそれでいい。どちらの見解が正しかったかなんてどうでも好いことだ。それより、環のお陰で真相解明に一歩近づいたから、彼女の『暗号説』も無駄な意見ではなかったと考えている」

「はいはい、もう結構よ」

丸川さんが頬を膨らませた。

「あたしだって、くだらない勝ち負けに執着したいわけじゃないもの。一寸は悔しいけれどね、大事なのは真相だわ。好いから結果だけ言うわよ。あれは暗号ではなく、本当に意味のない文章だった。あたしの知識を総動員して解読に当たった結果だから、間違いなくってよ」

断言されたそのことは、いったい何を意味するのだろうか。

「意味がない、なんて。本当に……？」

「なんならこの大事な眼鏡を賭《か》けても好い！」

丸川さんは、相変わらずの浮かれた調子で瓶底眼鏡をちゃっと押し上げた。わたしは思わず口を出してしまう。

「眼鏡を賭けられても……」

「銀側《ぎんがわ》よ、高値で売却出来るわよ」

「……あっ！　わかった、駄洒落《だじゃれ》ね！　眼鏡だけに『掛ける』と『賭ける』って！　たとえ間違っていても『ハイ、只今《ただいま》眼鏡をカケておりマス』なんて言って誤魔化す気でしょう？」

「でへへ、流石《さすが》茜さん！　ユーモアのある方」

「うふふっ！」

「……漫才は後にしたまえよ」

加寿子さんが「もう」と呟いてわたしの手を下ろさせる（でも丸川さんも面白い人なんだってわかって少し嬉しい）。

気を取り直して、夏我目さんはみんなから預かった手紙を教卓の上に並べた。

「ひとまず各自に返そう。とっていきたまえ」

言われるままに四人は教卓へ近づく。すると、伸ばされた手たちは宙を彷徨《さまよ》った。四枚とも同じ文面、同じ紙、同じぴしっとした二つ折りだから、どれが自分のかわからない。

わたしは溜息をついた。

「もう捨ててしまって好いわ、こんなもの」

頼子さんも小さく頷いて戻っていく。房子さんも、黙って踵《きびす》を返した。

「だろうね」と夏我目さんは紙を重ね集めて、とんとんと整えた。

後ろから教卓を覗き込んでいた加寿子さんが「あら」と声を上げた。

「……どうしてかしら、なんだか変な感じがするわ」

「え？　変な感じって？」

「さぁ、でも、なんとなく……」

加寿子さんが夏我目さんに視線をやると、夏我目さんはふっと笑って、腕を組み直し、教壇の真ん中に仁王立ちした。

なんだか無性に引っ掛かる、彼女の表情。

「文面から手掛かりを摑《つか》むことはできない。が、手詰まりではない。肝心な手掛かりはまだある、それは『どうして寒河江さんにだけ送られなかったか』ということだよ」

みんなの視線が加寿子さんに向く。

「差出人が窓際の席の者を狙《ねら》ったのは明白だろう。しかし、他のみんなと寒河江さんの違いはなんだ？　ここで単純に『寒河江さんが差出人だから』と結論するのは浅はかだ」

隣に座る加寿子さんの腕にそっと手を掛けた。

しかし、彼女は不安そうな様子を振り払い、顔を上げた。

「夏我目さん……それは、その、もしかして……」

「あなたはやはり鋭いな」

二人の顔へ、幾度も視線を往復させた。

「寒河江さんにあってみんなにないもの……と言えばわかるだろう？　『お姉さま』だよ」

「え、ええ？　加寿子さんのお姉さまがなんだっていうの？」

「寒河江さんにお姉さまがいることは周知の事実だった。だから手紙をもらわなかった。差出人は、寒河江さんには手紙を出す必要がなかったのだよ」

そう言われても、どういうことかさっぱりわからない。それは他の人たちも同じようだった。

夏我目さんはそんな様子をぐるりと見て、低い声で語る。

「意味不明な仏蘭西語の手紙をもらったとき、君たちはどうした？　まず自分で解読を試みただろう。しかし難しかった。こんな手紙無視してしまおう……と思っても、『秘密を知っている』なんて不安を煽《あお》られるような文言のせいで、気になってしまう。ならば次はどうするか？　読める人間に頼るしかない」

そして真正面を見据えて薄く笑った。

「差出人は、君たちがどう出るかで、あることを確かめようとしたのだよ」

「あること？」

「ミス・バルドオに訊きに行く者がいないか、ということだ」

突然出てきた尼僧《にそう》の名。次の言葉が気になって、もはや口を挟む者はいなかった。

「気付いていたかい？　ミス・バルドオは、授業中窓際ばかり見て、窓際の生徒ばかり当てる。新学期に彼女が二年一組の英語担当になってまだひと月と少しだが、気付き始めたのは僕だけじゃないはずだ」

曖昧《あいまい》に頷く一同……やはりみんな勘付いていたのだ。

「ひょっとすると、彼女は君たちの中の誰かを特別に想っているのかもしれない」

恥じらいのこもった息を飲む声が響く。

しかし、加寿子さんがすっと挙手した。

夏我目さんが促すと、彼女はそれがミス・バルドオの毎年の癖であることを、お姉さまから教えてもらった話をした。

夏我目さんは表情を変えないままそれを聞いていたが、やがて「なんだ」と小さく呟いた。

「……僕の邪推だったか」

「もう夏我目さんたら、彼女は尼僧で、先生なのよ」

「だからだろう？　君の好きそうな少女小説でも好くある話じゃないか。女生徒と女教師の秘められたエス。ましてや男を寄せ付けない尼僧なのだから、女学校に勤めるうちに生徒と特別な仲になってもおかしくはない」

「た、確かにそんな小説もあったけれど……。ええ、ええ、いけないとは言わないわ！　憧《あこが》れの気持ちって、突然降って来るものだもの。ミス・バルドオは素敵な女性だし、慕っている生徒もたくさん、い……」

　と、途中で口ごもった。

「ようやっと気が付いたようだね、花村さん」

　他の生徒もあっと口を丸く開けた。

「差出人は、ミス・バルドオに好意を持っていたのさ。そして僕のように、ミス・バルドオが窓際の誰かに特別に気を払っていると思い込んでやきもきした。毎年春に出現する癖だなんて、知る由もなく」

　深い響きの声が結論づける。

「差出人は、窓際の誰かがエスの相手なら、それが誰かを確かめたかったのだよ」

　わたしはいつのまにか夢中で考えていた。

「なるほど、もし手紙を受け取った生徒の中に、ミス・バルドオと親しい人があれば、彼女に翻訳を頼みに行くはず……！」

彼女は仏蘭西人なのだから。

もし、そうでなければなんの秘密が書いてあるかわからないものを、教師のところへなど持っていく者はいないだろう。

「仏蘭西語に詳しい者が家族にいたらそっちに訊いたかもしれないが、むしろ家族には見せたくないという人もあるだろう。差出人はミス・バルドオの元へ行く生徒がいないか気をつけて見張っていたはずだ。しかし、差出人には一つだけ誤算があった」

と、夏我目さんはゆっくりと語り出した。

「みんな自分の心にしまっておくだろうと思っていたのに、翌日にはもう教室中の噂《うわさ》になっていたことだ。こうなると、みんなで教師に報告に行くという可能性も出てくるから、目的は達成できない。差出人は舌打ちをしたことだろう。一応訊くが、この中にミス・バルドオと懇意にしている者はあるかね？」

みんな、無言で目配《めくば》せしあった。

探り合うような居心地の悪い気配は一瞬で、誰もそうではないとわかると、奇妙な安《あん》堵《ど》感《かん》が漂った。わたしとしても、ずっと机を並べていた級友が、実は教師と特別な仲だなんて知ったら、ぎくしゃくしてしまいそうだ。

話題を切り替えるように加寿子さんが明るい声を出した。

「ことの次第はわかったわ。つまり、みんなが秘密を暴露される心配はない、ということよね？」

そうだ、一番大事なのはそこだ。けれど……。

「差出人は、誰だったの？」

夏我目さんは腕を組んだままそっけなく答えた。

「さあね、やろうと思えば誰にでも出来るさ。話は以上だ」

彼女は颯爽《さつそう》と教壇を下りた。

艶《つや》やかな髪の毛先が揃《そろ》って揺れる。

「……僕はこれで失敬するよ」

丸川さんがすました顔で「ふぅーん」と洩《も》らした。

「うやむやにしちゃうのねぇ」

夏我目さんは廊下へ出る前に一度振り返り、ぎろりと彼女をねめつけた。丸川さんはぼりぼりと後頭部を掻《か》く。

「おおコワイ。じゃ、あたしも帰るわ。ごきげんよーぅ」

「え、待って、そんな……」

「わたしも失礼します」

房子さんは、怒ったように大股《おおまた》で音楽室を出て行った。

「茜さん、わたしたちも帰りましょうか」

「……ええ」

ただ一人、座ったままの頼子さんを振り返る。

「頼子さん、ごきげんよう」

すると、彼女は加寿子さんに顔を向けた。

「あの……さっき言っていた、変な感じ、って……」

加寿子さんはにっこりと微笑んで「何?」と返した。

「いえ、なんでも……」

加寿子さんはわたしの手を引いて、ずんずんと教室へ戻ってしまった。


「『ミミナシホーイチ』ってのはね、英語だよ。現地の砕けた言葉なんだ」

「まあ!」

箸《はし》の先を教鞭《きようべん》についと上げて、その人は真顔で講義した。

「'meaning me, nothing hope each'……訳すと、『我に意味づけよ各々《おのおの》が絶望を』……」

「あなた、茜に嘘を教えるのはおやめになって」

お母さまが叱《しか》ると、お父さまはへらへら笑って椅子《いす》の上で胡坐《あぐら》を組み直した（何度言っても足を下ろしはしない)。お酒で赤く染まった顔が仔犬《こいぬ》のような笑顔になる。

「もう、いやなお父さま」

「茜は父さまと品子さん、どっちを信じるんだい?」

「お母さまに決まってます! ……あ、今日はもうお酒は駄目よ」

一升瓶に伸びてきた手をぺちんと叩《たた》く。彼はそんなぁとふやけた声を出して、テーブルに肘《ひじ》をついた。

この家の家長、花村疎水こと、本名・花村名次郎《なじろう》は詩人だが、詩を書いているところなど一度も見たことがなかった。

父の著作は母の書斎の一角に二冊だけ、ひっそりと収蔵されている。うち一冊は同人誌だ。

割烹着《かっぽうぎ》姿のまま食卓に着いたわたしは、やっと一息ついて手を合わせた。

母はいつも美味《おい》しい、と言って好く食べてくれるけれど、父は酒の肴《さかな》に味の濃いものを少し食べるだけで、お米をあまり食べてくれない。だからか頼りないほどに細くって、青白くて、不健康そうな軀《からだ》をしている。着物の袖《そで》から覗く血管の透ける腕など「死人のようだ」と母は笑う。

ぺたんとした髪は煤《すす》けた野良《のら》猫の背中を思わせた。帽子はお嫌いで、代わりに垂れ目を隠すような前髪をぶら下げている。ポマードでも塗って後ろへ撫《な》でつければきっとハンサムになるのに。そう、あの日に見た兵隊さんのように。

「面白い子なんだねぇ、その夏我目さんというのは」

「ええ、とっても」

「いやはや名探偵じゃないか。しかも、犯人を吊《つ》るし上げなかったというのが好いね。ねぇ品子さん？」

「優しい子なのね」と母は上品に味噌汁《みそしる》を啜《すす》った。

あの後、加寿子さんと学校から帰る途中、ずっと考えていた。

頼子さんは、さっき何を言おうとしたのだろう？

加寿子さんが言っていたこと……、四枚の手紙を見て「変な感じがする」と言ったことだろう。

そして、夏我目さんの推理。

ミス・バルドオに訊きに行く者がいないか確かめたかったのだろうと彼女は言ったが、それが出来なかったわたしや頼子さんは実際、どうしたか？

あの仏蘭西語の意味をなるべく早く知りたいと焦《あせ》った。だが教師に訊こうとは思わなかった。

このクラスの生徒なら、まず外国語堪能《たんのう》な級長に訊く確率が高い。次点で丸川さんだ。教室でも浮いている変人に声を掛けるのは少し勇気がいる。

……差出人は受け取った者がそう動くのを予想していたのではないか？

「ねぇ、加寿子さん。加寿子さんが違和感を感じたのは、どの手紙にも皺一つなかったからじゃあなくって？」

加寿子さんは、沈黙で返した。

「わたしね、今気付いたの。級長は、あの日、放課後まで手紙が入っていたことに気が付かなかったって言っていたわよね。でも、彼女みたいに几帳面な人が机の中の手紙に気付かないなんてこと、あって？　あるとしたら、奥で教科書に潰《つぶ》されていた場合くらいだわ。でも、手紙はどれも折れ一つなかった……」

加寿子さんは、困ったように笑った。

「気付いてしまったのね」

「やっぱり、加寿子さんも同じことを考えていたの!?　ってことは、頼子さんも……！」

「丸川さんもとっくに気がついているわ、きっと」

級長は、手紙の受取人がミス・バルドオのお相手でなかったら、自分に訊きに来ると予想していたのだ。

それなら、三人を注意深く監視する必要もない。訊きに来なかった生徒が怪しいとすぐにわかる。

「夏我目さんのお話を聞いて、少し考えれば十中八九級長が出したのだって、わかるわ。彼女が熱心に仏蘭西語を勉強しているのも、ミス・バルドオに憧れていたからだったんだって考えれば納得がいくもの。あんな手紙で確かめようとするなんて、不器用な彼女らしいじゃない」

ふうっと加寿子さんは可憐な吐息を吐いて、空を仰いだ。

「本当は、すべてを密《ひそ》やかに済ませたかったのでしょうけれど、翌日あっという間に噂が広まってしまった。だから、自分が疑われないために、遅ればせながら『自分も手紙をもらった』と言いだして、もう一枚新しく書いたのだわ。そうすれば、疑いのまなこは窓際で唯一《ゆいいつ》手紙をもらっていないわたしに向く……」

加寿子さんは、静かに話し終えた。

「酷《ひど》いわ、加寿子さんが可哀想《かわいそう》じゃない」

「もう好いのよ。済んだことだもの」

口ではそう言うが、僅かな呆《あき》れが滲《にじ》んだような声音だった。けれど、房子さんがそれだけ深刻に胸を焦《こ》がしていたのだと思うといたたまれない気持ちになる。

「もし、みんなに知れたら、明日から房子さんは辛《つら》い想いをするんじゃないかしら？」

「……茜さんは、怒っていないの？」

加寿子さんの手前、房子さんは悪くないだなんて言えやしないけれど、それでも彼女のせつなさを推し量ると、怒る気にはなれなかった。

加寿子さんはわたしの肘に腕を絡《から》ませて微笑んだ。

「なら、わたしは秘密にするって誓ってよ」

「ありがとう……」

——でも、他のみんなはどうかしら?


親友と交わした会話を思い出しながら、もそもそと食事を口に運んだ。

「茜、まだ何か心配事があるのかい」

お父さまが尋ねてきた。

「……いいえ、これから解決するわ!」

腹が減ってはなんとやらと、気を奮い立たせて残りを平らげる。

そして、夕食のあと片づけを終えると、すぐに廊下へ向かい、柱につけてある電話機へと手を伸ばした。


受話器を置いて振り返ると、いつの間にか階段に腰掛けたお母さまがいて、ぎゃっと喉《のど》からはしたない声が漏れそうになった。

「もう。聞かないでちょうだいよ、恥ずかしいわ」

「母さまは順番待ちをしていただけですよ。出版社へ掛けないといけないの」

ゆるりと立ち上がった母はくすくすと笑った。

「何がおかしいのよ。わたしは、ただ……」

ただ……の続きが浮かばない。

お母さまは細い指先で私の髪を撫でた。

「ただ、夏我目さんという子の力になりたかったのでしょう？」

かあっと頬が熱くなる。その通りだけれど、どうしてか素直に頷《うなず》くのが恥ずかしい。

「今度家にお招きしたら好《い》いわ、その少女探偵さんを」

「探偵？　それ、素敵な響きね」

「でしょう。母さまは好きですよ。そういう挑戦的な子たち。しかも彼女、自分を『僕』って言うんでしょう？　面白いこと」

「そうよ、髪も短くって、凜々《りり》しくて……そうそう兵隊さんのお兄さまがいるんですって、そのせいか話し方もびしびしとしていてね……」

そうだ、と今さらのように気が付く。彼は夏我目さんに、別れの挨拶《あいさつ》をしに来ていたようだったと。夏我目さんのことなら、何でも気になって知りたくなってしまう自分がいた。

「まるで男装の麗人ね」

「男装の麗人?」

「男の格好をして男のような振る舞いをする美女。川島芳子なんかのことよ」

母はちょうど、抱えていた封筒から婦人雑誌の最新号をひょいととって、ページを開いた。出版社からもらったものだろう。

「ほら、こんな人よ」

開かれたページにはきりりとした軍服姿の……麗人の姿があった。

「この人はねぇ、馬に乗って通学したり十七で自殺未遂を起したりと、昔から有名人だったのよ。そうそう、知り合いの編集者さんに聞いたのだけど、今、彼女をモデルにスパイ小説を書いている先生もあるそうなの。恐らく再来年くらいの刊行になるって……」

「この人……!」

母の手から雑誌を奪い取り、食い入るように覗き込んだ。

「よ、芳兄さま……?」

そっくりだった!

いいや、あんなに近くで見たのだ、見間違えようもない。

「まぁ、女の人なのぉ？　夏我目さんたら、お兄さまなんて呼ぶから……！」

お母さまはもう受話器を耳に当てていて、うるさそうに睨《にら》んできた。繋がった途端よそ行きの声音になって完全に私を無視してしまう。

「ねぇお母さま！　この方、夏我目さんの……」

「……ええ、ええ、お世話さまでございます。ほほほ……」

「ねぇったらぁ！」

彼女はすがりつくわたしの頭に、片手ですぽりと封筒を被《かぶ》せてしまった。


愛新覚羅顯玗《あいしんかくらけんし》。

日本名、川島芳子という人は清《しん》王朝の末裔《まつえい》なのだという。

粛親王こと愛新覚羅善耆《ぜんき》の血を受け継ぐ第十四王女であり、子の多くを外国へ留学させた父の意向で、彼女もまた八歳の頃に日本へやってきた。

陸軍通訳官であった川島浪速《かわしまなにわ》という男の養女となった彼女は、長野県で育つ。

やがて大人になった彼女は二十歳で蒙古《もうこ》の軍人と結婚するが、三年も経《た》たないうちに夫の元から失踪《しっそう》して離婚。

これが、昨年のことだという。

当時も少しは話題になったらしいが、やはり遠い国のこと、母のように出版社や新聞社との情報網がある人でなければ詳しくは知らないだろう。

「育ちは日本というお人ですからね。でもやはり、教養と気高さのあるやんごとなきご身分だからこそ、女軍人にもなれたのでしょう。普通の女の子が軍に入りたいと言ってもそれは無理な相談だもの」

「そ、そんなにすごい人なの？」

「そうですよ、その辺をおいそれと歩いているものですか。ましてやあなたの同級生のお身内だなんて、おへそで茶が沸いてしまう」

「でもそっくりだったのよ！　それに芳兄さまって、名前も同じだわ。その人、夏我目さんにお別れの挨拶をしに来たみたいで……そうだわ、船の時間があるって仰《おつしや》っていた！　きっと大陸へ戻るのよ！」

「ほほほ、夏我目さんにはずいぶんと美形のお兄さまがいるのね。是非お目にかかりたいものだわ」

「…………お母さま、この雑誌貸してくださる？」

どうしても納得が行かなくて、その夜は眠れなかった。

夜中、目を覚まして机に向かい、夏我目さんにお手紙をしたためようとペンを取ったりもしたのだけれど、お気に入りの華宵便箋《かしようびんせん》が次々ゴミになるだけだった。

そういえば、丸川さんは芳兄さまのことを知っているみたいだった。「愛新覚羅顯玗さん」と平然と教えてくれたではないか。でも少しも驚いてはいなかった。単に有名人として知っていただけならば、それはおかしい。

（……丸川さんはもしかして以前から知っていたのかしら？）

そういえば、夏我目さんは丸川さんを「環」と呼び捨てにしていた！

二人が会話しているところなんて一度も見たことがないのに。

（あぁ今さら気が付くなんて、さっき訊いておけばよかった！）

だけど、やはり夏我目さん本人に直接訊いてみたほうが確実だし、早い。

他にももっと、もっともっと色々のお話がしたい。

あぁ、夏我目さん。

夏我目潮さん！

ベッドに潜っても興奮は冷めやらず。

夜明け待ち遠しく、高鳴る胸を押さえ、乙女は幾度も寝返りを打つのだった。

翌朝、いつもより三十分早く家を出た。

早く来たって、彼女はいつも通りの時間に来るはずなのに。一番乗りで教室へ着いたわたしは、席で母に借りた雑誌を開いたり、手鏡を覗いては脂肪取りを鼻に押し当てて溜息をついていた。

何かの都合で、彼女が早く来ないとも限らない。

今しも、ドアを開けて現れるかも知れぬ。そうした時にぼけっとしていては困るのだ。

「ごきげんよう」と朝日の中、爽《さわ》やかに振り返るわたし……あぁいけない、寝不足のせいか白目が濁って見える。鞄《かばん》から取り出したパミールを点《さ》そうと、上を向いて親指と人差し指で目蓋《まぶた》をひん剝《む》いていると……。

がらり、戸が開いた。

「ひゃっ！」

「美眼液なんて校則違反だぞ」

ぽたりと頬を滑って、液が落ちる。

「おはよう、花村さん。今日はやけに早いね」

ふっと笑った夏我目さんは、自分の机に鞄を放ると側《そば》へやってきた。

「ご、ごきげ……、えっ」

彼女はわたしの目元へ手を伸ばしたかと思うと、袖口で零《こぼ》れた液を拭《ふ》いてしまった。

咄嗟《とっさ》には言葉も出なくって、ただ俯いた。その視線の先には開かれた雑誌の、あのぺージがあった。

それに気が付いて、夏我目さんの発する空気がさっと変わったのがわかった。

「今朝は、どうなさったの？　こんなに早く」

「別に。君こそ」

沈黙が、朝の光の中で張り詰めた。

やがて口を開いたのは夏我目さんだった。

「そのページ、僕にくれないか」

はっとして彼女を見上げると、半笑いの表情があった。

「どうして？」

「話したらくれるのかい」

「そんな意地悪、言わないわ。あげる」

ページを丁寧に端から破りだしたら、ちりちりという音が、まるで痛みの音のように鳴った。

「はい」と、川島芳子の写真が載ったページを手渡すと、彼女は酷く素直に「ありがとう」と受け取った。

昨日まで、訊こう訊こうとばかり考えていたのに、彼女の苦しさを押し殺したような顔を見たら何も訊けなくなってしまった。

彼女がいつまでも立ち去ろうとしない。やがて一つ前の、頼子さんの机の上に腰掛けてしまった。

「もう、椅子にお掛けになったら」

「川島芳子は僕の胎《はら》違いの姉だよ」

真横を向いたままで、彼女は言った。

「僕の母は、旅順で酌婦をしていた名もなき日本人女だった」

「旅順って、関東州？　どこだったかしら……？」

夏我目さんが溜息をついた。

「あなたみたいに博識じゃないのよ」

「いや、好いんだよ。知らないことを知らないと正直に言えるのは花村さんの美徳だろう。誰も、知らない話をされると『へぇ』と流してしまいがちだけど、人の話を理解しないまま流すほうが無知よりも恥ずべきだと、僕は思うから」

やっぱり、変な人。

「旅順は、大連の南西。半島のもっと先端のほうさ。母は天涯孤独で、そこの小さな飯店で働いていた。そこへ現れた男と親しくなり、僕が出来た。母は男と一緒になれると思った、が……その男はやんごとなき清王朝の人間だった」

「そんな、そんなことって……」

『ご落胤《らくいん》』ってやつだよ。僕は」

彼女は肩を竦《すく》めて、鼻で笑った。

「粛親王には五人の妻とたくさんの子どもがいたが、僕と母は家系図には載せられない、抹消された存在なんだ。彼は手切れ金を母に渡して、日本へ帰らせてしまった。母の妄言だと誰もが思うだろう。母は嘘《うそ》で辛い現実を忘れようとしているんだって。娘に、あなたは本当はお姫さまなんだと言い聞かせて貧乏を忘れようとしているんだって。僕だってそう思っていたよ。あの人が現れるまでは」

夏我目さんは、あげたばかりの一ページを自分の顔の前に掲げた。

「僕が七歳の頃だ。長野で自殺未遂を起した直後に、断髪して男になると決意して、それからまもなく、この人は浅草まで僕と母をはるばる訪ねてきたんだ」

夏我目さんは目を細めて、写真を見つめた。

「それからだ、うちの暮らしがだんだん好《よ》くなったのは。詳しいことは訊いても教えてくれないのだが、芳兄さまを通じてどこかから援助があるみたいなんだ」

「芳子さんは、一体、どうして突然……？」

「さぁ、そこまではわからない。それまで僕の存在も知らなかったらしいし……、けれど背景に一族のことがあるのだろうね。父は、清王朝の復辟《ふくへき》を望んでいたらしいから……その遺志を継ぐ誰かが、子は多いほうが好いと僕を探し出したのかもしれないな」

突拍子もない話だけれど、今までのあれこれを思い出すと、十分信じるに足りた。

「すごい……すごいわ夏我目さん！」

立ち上がり、彼女の正面に回った。

「あなたって、やっぱりとんでもない人だったのね！」

夏我目さんはとてもびっくりした顔で、わっと口を開けたけれど、ついぞ声は出ないようだった。

「あ、あ、あまり近づくな」

「あら、ごめんなさい」

「いや、好い、謝るな……」

と、夏我目さんは下を向く。わたしと違ってむやみに叫んだりしない、そんな反応がまた好ましく思える。

そこで、ふっと気になっていたことが胸に浮かんだ。

「……丸川さんは、ご存知だったの？」

どきどきと、嫌な鼓動。

「おそらく」

夏我目さんは伏し目になって答えた。

「あの、もしかして二人は、本当は仲良しなの？」

すると、彼女は歯軋《はぎし》りするかのような苦々しい顔に変わる。

「べつに」

「本当？」

「単に、小学校が一緒なんだ。だから六歳の頃から顔見知りなだけさ」

「え？」

「僕らは外部入試で入っただろう？　それまでは二人とも公立の尋常小学校だったんだよ。環の家の会社は、たしか十歳くらいのときに家電が——安価なラジオか何かが大当たりして成金になって、ちゃんと女学校へ行かせようということになって……」

それから、と、夏我目さんは自嘲《じちよう》するように俯《うつむ》く。

「僕の家でもその頃、芳兄さまの援助が増えたり、母さまがただの女給から浅草で舞台女優になって、映画にも出演して、余裕が出てきたんだ。僕も環も成績は好かったから、担任教師も後押ししてくれた」

それで、二人とも私立聖桐高女を受けることになって……ということらしかった。

「環とは、ほとんど話をしたことはないよ。あいつは昔から神童と呼ばれていたから、僕は一方的に知っていたけれど。『五組の環』といえば様々の逸話があったからね」

「〝あいつ〟……」

「下町の子どもたちは互いに『さん』づけで呼び合ったりしないんだ。あだ名か呼び捨てだ。ましてや『ごきげんよう』だなんて、むず痒《がゆ》い……」

「言わないの？　夏我目さんにもあだ名があったの？」

「一応、ね」

「なんていったの？」

「…………………しおちゃん」

恥ずかしがるように、夏我目さんは言った。

可愛《かわい》い！　と笑うと、彼女はすぐさま話をそらした。

「丸川環は陽気に見えて目ざといやつだからな。とにかく、どこで知ったんだか知らないが、このことを知られているらしいんだ。忌々《いまいま》しいよ、いやな気分だ、昔のことを沢山知られている他人っていうのは」

言われてみれば、二人の間の気配は、まるでたまにしか会わない従姉妹《いとこ》同士のそれに似ていた。幼い頃から知っているけど、それだけ、というような。打ち解けてはいないのに、未熟な頃を知り合っているというのは確かに気恥ずかしいかもしれない。

「何をにまにましているんだ、君は！」

「だって」

不思議。昨晩のもやもやはたちどころに吹き飛んでしまった。

「ねぇ、それにしても、今朝はどうしてこんな早くに登校してきたの？」

夏我目さんは話すか、話すまいか迷っているように唇を薄く開く。

「気になることがあってね」

「何？」

「手紙の差出人……彼女には、そんなに悪気はなかったんだろうと思うのだよ」

そういって、彼女はつんと足を組んだ。

「だから……、誰かに悪く言われるのは後味が悪い。差出人はあの人だと決めつけて噂を広めるような無責任なやつがいたら、朝一番にぺちゃくちゃと広められる前に、だな……」

「それって、級長さんの悪い噂が広まるだろうと思って、監視に来たってこと？」

夏我目さんは、声を詰まらせた。

「……君だけは真相を看破出来ないと思ったんだがな」

「とうに解けてよ、そんな謎」

ふふんと胸を張り笑いかけた。わたしだって女学生なのだから、人並み以上には立派な頭脳と教養があるのだ。

「でもね、夏我目さん。そのことなら心配なくってよ」

彼女は顔を上げる。

「みんな、差出人が誰かやっぱり気が付いていたみたい。だけど、他言無用にしてってお願いしたら『誰にも言わない』って約束してくれたわ。だから事件は表向きには迷宮入りになるはず」

「お願い、だと？」

「ええ、昨日ね。加寿子さんには帰り道で、丸川さんと頼子さんには夜に電話をしたの」

「君は……」

黒すぐりの双眸《そうぼう》が、じっとこちらを見たかと思うと、彼女は片手で半分顔を覆《おお》って天井を仰いだ。

「『お願い』。お願いときたか。そうか、お願いすればよかったのか！　僕は監視して口さがないやつを威圧してやろうとばかり考えていたのに」

「な、なぁに、そんなに笑うこと？　最初っから喧嘩《けんか》腰《ごし》でいることなんかないじゃない」

「そうだな。人望がなければ取れない手段だということが難点だが、君ならそれが最善だったろう」

「またそうやってひねくれて。丸川さんに言われたことなら気にしなくって好いのに」

「いいや事実だよ。僕には人望がなかった。おまけに電話機もなかった」

「人望……って、そんなに大切なこと？　あったらして好いことがあって、なかったらしてはいけないことがあるの？」

「あるだろう。教室の中でどのくらい大きな声で笑っていいかとか、学級会を仕切っていいかとか、乙女たちはいちいち気にするじゃないか。でも持っている人ほど気付かないものなんだよ。花村さんみたいに誰にでも優しい人だって」

「わたし、誰にでも優しくなんかないわ」

一歩、彼女に詰め寄っていた。近づくなと言われた矢先に。

「本当よ。わたしね、昔『八方美人』って言われたことがあるの。でも違うわ、違う。だって、今、夏我目さんと特別に仲良くなりたいと思っているんだもの」

朝日が、静かに室内を射抜いている。

「他の誰でもなく、夏我目さんだから、力になりたいって思ったのよ」

いきなり知らない外国語を聞かされた子どもみたいな顔をして、夏我目さんはこちらをじっと見てきた。

「ねぇ、今度うちに遊びにいらっしゃらない？」

今度は、私が不自然に話題を変える番だった。

「お母さまがね、夏我目さんの話をしたら面白い子ねって。是非会ってみたいって言うの。あなたのこと〝少女探偵さん〟って」

「探偵……？　僕がか？」

夏我目さんは僅《わず》かに顔を赤らめて聞き返した。

「夏我目さん、探偵小説がお好きなんでしょう？　わたしも嫌いじゃないわ。お父さまが沢山読んでいるの。そうだ、いっそ依頼を受けたら好い！　今回わたしたちを助けてくれたみたいに、困っている人を助けるの」

と、口にした途端顔が熱くなる。

これっきり話をする機会がなくなるなんてさみしいと。

そう思った故《ゆえ》の、ただの、思いつきだったから。

「依頼を受けるだと……？」

「ええ、探偵業、夏我目さんにぴったり。いいえ、探偵団よ！　わたしも手伝う。探偵助手にしてちょうだいな」

「何を馬鹿《ばか》げたことを……」

「夏我目さん、あんなに見事に解決してみせたじゃないの。絶対に向いている。あなたの推理力を活《い》かさないなんて嘘だわ」

「人助けなんて、ガラじゃあないよ。たったの二人で何が出来るっていうんだ」

「じゃあ、丸川さんも誘いましょう！　彼女の知識と記憶力があれば鬼に金棒よ。三人ならきっとやれるわ」

「こら、勝手に決めるんじゃない」

もう、どうしたら説得できるのか。

俯いたわたしは目線だけ上げて彼女を見据えた。

「…………………駄目かしら？」

「……っ」

わたしにはわかった。

夏我目さんも、案外まんざらでもなさそうだと。

「……わかった、わかったよ」

「本当⁉」

軀の奥から、力がぐんぐん湧《わ》いてくるような感覚がして、いても立ってもいられなくなる。

春のせいかしら？

いいえ、彼女のせいなのだ！

「ねぇ、『潮さん』って、下の名前で呼んでも好いかしら？」

「好きにしたまえよ」

「潮さん！」

机に手をついて、彼女の顔を覗《のぞ》きこんだ。うろたえた瞳《ひとみ》が、左右に揺れて面白い。

「潮さん、潮さん！　ねぇ潮さんも『茜』って、呼んでちょうだい。丸川さんにしているみたいに」

「花村さんで不便はないよ」

「探偵団の仲間なのよ。短い名前で呼び合わなくちゃ。それとも秘密の偽名でも作る？」

わぁ、わくわくしてきた。

「まったく、形から入りたがるのだから……」

潮さんは相変わらず不機嫌そうだったけれど、わざとらしく溜息《ためいき》をつき、片手を差し出してきた。

「よろしく、茜」

くちなしのような、手。

その手は冷たくて柔らかくて、触れた瞬間、胸がきゅうっと音を立てた。

「よろしくね、潮さん！」


春。

春は物憂《ものう》く、肌寒く。

満ち足りたはずなのに、爛漫《らんまん》の中で「何かが足りない」と喘《あえ》ぐ、せつない季節。

わたし、花村茜はそんな心の穴を埋める術《すべ》を、ついに見つけてしまったのだ。

第二話

ドッペルゲンゲルスタイルブック

～鈴原《すずはら》ミユゲのお洒落手帖《しゃれてちょう》

半ドンの土曜日は、帰ってきてからずっと家事をしているのが常だった。

校服から、白いブラウスに紺色の水玉スカート、という普段着に着替え、その上にエプロンを纏《まと》う。

腰で大きなリボンをきゅっと結ぶと、「よし、やるぞ」という気持ちが湧《わ》いてくる。天気が好《よ》いとなおさらだ。

昨今の若者は、非行に走り荒ぶるばかり……と嘆く大人もあるけれど、少なくともわたしは健《すこ》やかなる働き者の乙女なのだ！

「……むーかーしこーいしいー、ぎーんざーのやーなーぎー…………」

〝——仇《あだ》な年増《としま》を誰が知ろ？〟

鼻歌を歌いながら洗濯物を取り込んでいると、枝折《しお》り戸《ど》の軋《きし》む音がして振り返る。

「あら、お父さま！」

背を丸めた長い軀《からだ》が、足音を立てずに近づいてきた。いつも通りの薄笑いを浮かべていたかと思いきや、私を見るなり一寸《ちょつと》、目を瞠《みは》る。

「お帰りなさい」

「おや、茜……？」

「もう、今度は三日も！　どこへ行ってたの？　ちょうど好いから手伝ってちょうだい。罰よ」

ロープに手を伸ばして、足元の洗濯籠《かご》を指差す。

お父さまはくつくつ笑い出した。

「茜、お父さまはさっきお前のドッペルゲンゲルを見てしまったよ」

「どぺる……なあに？」

「『影の病』さ。芥川《あくたがわ》も悩まされていたっていうね。つまり、もう一人の茜だよ。さっき商店街で乗合い自動車に乗っているときね、茜にそっくりな少女を見かけたんだ。この前、お前が拵《こしら》えていた白地にとりどりの花柄の服を着ていてね」

「本当？　どんな子かしら」

不思議な話を聞かされて、今度は私が目を瞠る番だった。

「呑気《のんき》にしていてはいけないぞ。ただの瓜二《うりふた》つではなく、怪現象、おばけの類なんだから。ドッペルゲンゲルは自分とまったく同じ顔、軀をしていて、服装まで一致しているが、一ッ言も喋《しゃべ》らない。往来だけでなく勝手に家の中にいたり、目の前でスーッと消えてしまうこともあるという。まさに神出鬼没なのさ」

　お父さまはわたしに上から覆《おお》いかぶさるように手を伸ばして、恐ろしげな声を出してみせる。きゃっと後じさったけれど、八重歯をむき出さんとする顔が滑稽《こっけい》で笑ってしまった。

「おばけだなんて、言い直さなくてもわかってよ」

　お父さまは人差し指を顔の前に立て、額を突き合わせてきた。

「まだあるぞ、一番肝心なのがね、自分のドッペルゲンゲルを見た者は、近いうちに必ず命を落としてしまうという……！」

「まあ、いやなお父さま」

　抱えた洗濯籠をテラスから室内へ置いたところで、階段を下りる足音が聞こえてきた。お父さまも気付いたようで、居ずまいを正す。

「茜、畳むのは母さまがやりますから、そろそろお買い物へ行っておいで」

　お母さまが二階から下りてきた。

　耳を出した非常に短い断髪の先が、疲れた様子の頰に張り付いていた。一昨日、お父さまが出て行ったときのままの木綿の普段着はしどけなく着崩れている。お母さまはお父さまを一瞥《いちべつ》して、なんということもないように白い歯を覗《のぞ》かせた。

「あなた、お帰りなさい」

「うん……ただいま。品子さん、締め切りかい？」

「明日ね。急に代原を書くことになって」

お母さまは売れっ子のクセに仕事を選ばない。

そうして、お母さまが掃き出し窓の側《そば》へ正坐《せいざ》して洗濯物を畳み始めると、その隣にお父さまが腰掛けた。下駄《げた》の足指をぎゅっと閉じて空を見る仕草は、わたしから見てもなんともわざとらしいものだった。

「いつも苦労をかけるわね。わたしの代わりに、家のことみんなやってもらって」

お母さまはのんびりと言った。

「いいえ、わたしお洗濯もお料理も好きよ」

「女中さんを入れようと言っているじゃないか」

お父さまが、懐《ふところ》へ手を入れて煙草《たばこ》を探しながら言った。

「いやですよ、そんなものに甘んじているから女性はいつまでも日陰にいるのだわ。女中さんも女工さんも一日中働いてお賃金は雀《すずめ》の涙なんて、可哀想《かわいそう》なこと」

煙草は見つからないようだった。今度は、頭の横をぽりぽりと搔《か》く。

「私はね、若い女の子にはどんどん外で働いて欲しいの。自分の価値を正しく知るべきと思うのよ」

「品子さんのようにかい」

「ええ。ところであなた、昨夜は……」

朝帰りを咎《とが》められると思ったのか、お父さまは肩をぎくっとさせたが、続く言葉は予想と違った。

「随分と冷えましたから、そんな格好で出歩くのはおよしになって。もう一度くらい寒の戻りがあるわ、きっと」

（……怒れば好いのに）

乾かしておいた洗濯板と桶《おけ》を持って、玄関へ回った。

（……〝仇な年増〟だからかしら？）

「茜、行ってらっしゃい」

お父さまが、片手を上げて見送った。

「……行ってきまぁす」

けれど、それから三十分も経《た》たぬうちに、わたしは真っ青になって帰ってくることになる。


――あれは、あれは、どう見てもわたしの後ろ姿だった！

あの日、大慌《おおあわ》てで家へ取って返し、両親の前で卒倒してからというもの、ずっとベッドの中ですんすん泣いていた。

「恐ろしいこと。わたしはもうすぐ、死んでしまうのだわ」

どうして、どうして、いつも行く馴染《なじ》みの商店街に自分とそっくりな少女がいるのだろう。

同じ長さの三つ編みに、同じ籐《とう》の買い物籠。そして何よりも腰を抜かしたのは、父も言っていたあの花柄のワンピース。

雑踏の向こうにいた彼女は、眼が合った瞬間にやりと笑ったのだ！

洟《はな》が詰まって息が苦しくなり、布団《ふとん》から顔を出したところで母が部屋に入ってきた。

「いい加減におし、日曜だからって窓も開けずに閉じこもっている者がありますか」

「だって、お母さま。外へ出たらドッペルゲンゲルに見つかってしまうわ」

母はゆっくりとベッドに腰掛けてきた。

「あの人のからかいを真に受けるんじゃありませんよ。お父さまの言うことの半分は嘘《うそ》で出来ているのだから」

「もう半分は？」

「煙草の煙よ」

お母さまはうっすらと微笑《ほほえ》んだ。

「名次郎さん、昨夜は私がありもので夕飯を作ってさしあげたら、どんな顔をしたと思う？　今朝は朝食を恐れて、明け方から逃げ出してしまった」

「ごめんなさい……、お料理する気になれなくって」

「責めているんじゃありませんよ」

と、お母さまは頭を撫《な》でてくれた。

「今は、誰ともお話したくないの」

頭から布団を被《かぶ》って軀を縮こめると、お母さまはふうと艶《つや》っぽい息を吐いた。

「……じゃあ、下で待たせている子たちにも出直してもらったほうが好いのね」

「え？」

「お前が呼んだのでしょう？　この間、今日うちへ招待する約束を取りつけたと言って喜んでいたじゃない」

ばっと掛け布団を跳ね除《の》けた。

「忘れてた！　まぁ、潮さんがいらしたのね？」

鏡台を覗き込み三つ編みを整える。寝間着の帯をほどいて、クローゼットを開いた。

あぁ潮さん！　茜がこんなに心細いときに計ったように来てくれるなんて！（わたしが呼んだのだけど！）

「呆《あき》れた子。お母さまとっときの紅茶をお出しして好いわよ」

「ありがとうお母さま！」

普段着のツーピースに着替え、飛ぶように階段を下りて客間のドアを開ける。濡《ぬ》れたような黒髪がさらりと流れた。

「やあ」

「ごきげんよう！」

校服姿の潮さんは、一人掛けのソファに脚を組み、膝《ひざ》の上に本を開いていた。我が家の客間には壁一面の本棚がある。そこから拝借したようだ。

「ごきげんよーぅ。今すごい音がしたわよ。きっちり定刻に来たはずなのに、茜さんてば粗忽屋《そこつや》ねぇ」

同じく、校服姿の環さんは、テーブルを挟んだ向かいの広いソファに気持ち好さそうに寄りかかっていた。

「こんなに西洋的な調度、あたし、驚愕《きょうがく》よ。外観も八割近くが真っ白だなんて、まるで外国からおとぎ話の家を移築したかのよう」

「お母さまの趣味なのよ。待っていて、お茶を淹《い》れてくるから」

ぱたぱたとお台所へ急ぎ、お湯を沸かす。家に加寿子さん以外のお友達を呼んだのは久しぶりだった。妙にどきどきする。潮さん、紅茶はお口に合うかしら？

あの後、わたしの呼び掛けでその日のうちに少女探偵団が結成された。

といっても、団長の潮さんと、誘ったら二つ返事で了承してくれた環さんだけだが（加寿子さんも誘ってみたけれど「わたしにはお役に立てる特技がないわ」と辞退されてしまった）。

結成の日の放課後、潮さんが席を外したところで、環さんに二人が小学生だった頃の話を訊《き》いてみた。気になって気になって、訊かずにはいられなかった。

「環さんも、彼女のことをしおちゃんって呼んでいたの？」

眼鏡のレンズを袖口《そでぐち》で磨きながら、彼女は唇を尖《とが》らせて息を吹きかける。

「いいえ。ただ別の組に『嘘つきしおちゃん』と呼ばれている少女がいるというのは知っていたけれど」

「嘘つき？」

「嘘、じゃあなかったのだけどね」

くふっ、と彼女は笑い声を漏らした。

「彼女、一年生の頃に、『自分は清の皇族だ』って言っても誰にも信じてもらえなかったから、悔しくて机をひっくり返したことがあるのよ」

「それ、本当？」

「モチよ。あたしは実際に見たわけじゃないけど。彼女はそれから教室を飛び出して、校庭の隅で泣きべそかいているところを先生に見つかって、こっぴどく怒られて……以来、余計に人と距離を置くようになったようなの。かまって欲しいからって馬鹿《ばか》な嘘吐《つ》く子がいたもんだって、一躍有名人よ。子どもの世界では、嘘つきは何より嫌われるものね。軽蔑《けいべつ》の嵐《あらし》」

「環さんも、軽蔑した？」

「どうでも好かったわねぇ」

疑り深そうなあの鋭い視線が思い出された。きっとそんなことがあったのが一度や二度ではなかったから、今の彼女が出来たのだろう。

「でもあたし、記憶力は好いからその件を忘れはしなかったの。それから四年生の頃、学芸会のお客さんの中に見つけたのよ、彼女を、潮さんの姉を」

えっ、と口を開く。

「その時は女の格好をしていたわ。本当ならそうそう見分けがつかないでしょうけど、頭の中にあった、何枚かの雑誌の写真と比較すると酷似していたの。彼女は潮さんに手を振った。あたしはまさかと興味が湧いて、その女性に尋ねに行ったの。『アイシンカクラケンシサンですか？』って。すると彼女はとても不敵に、妖艶《ようえん》に微笑んだわ。『秘密だよ』って、天鵞絨《ビロード》のよな声で」

その光景は、不思議と容易に想像することが出来た。

暗幕を引いた体育館、ちゃちな折り紙の飾りとランプの影。

「それであたし、『あぁ、しおちゃんの言ってたことは本当だったんだぁ』ってぽんと信じられたの」

そんなふうに、環さんは過去の景色に感慨を滲《にじ》ませながら、教えてくれたのだった――

（本当は、潮さんは、とっても高貴な人……）

それが、今は浅草の長屋で母と二人暮らし。

お盆を両手に廊下へ出たところで予想外の言葉が聞こえた。

――うひゃあ、破廉恥《はれんち》な！

破廉恥⁉

環さんの素《す》っ頓狂《とんきょう》な声だった。

客間へ入り、テーブルへお盆を置く。こちらに背を向けたままの彼女たちは手元のものを覗きこみながら囁《ささや》き交わしていた。

「ねぇ！　ねぇねぇねぇ潮さん！　この面妖な画《え》は何をしている場面かわかって⁉」

「……まぁ」

「嘘ぉ、本当に？」

「僕は猥雑《わいざつ》な町に住んでいるからね。厭《いや》でも聞こえてしまう。お前に教えたら卒倒してしまうよ」

「まーぁもったいぶって！　教えてくれても好いじゃない、あたしの探究心を押さえつけようったってそうはいかないわよ。あ、わかったわ、本当は潮さんも見当がつかないのでしょう？」

「お前は何を興奮してるんだ。女学生としての恥じらいはないのかい？」

『恥じらい』！　ああら我《わ》が君《きみ》、さすが皇族さまね」

「………」

「なぁに！　二人とも何を見ていたのよ？」

戻ってきたわたしに気がつき、環さんは目を逸《そ》らして、ぴゅうと口笛を吹いた。

彼女は小さな四角いものをつまんでいる。潮さんも気まずそうに目を逸らした。

「き、君は見ないほうが好いぞ。すまないね、ここに置いてあったのを環がたまたま見つけてしまったんだ」

「大発見よぉ」

頬を赤く染めた環さんへ、ぱっと手を伸ばしてそれを奪った。

カフェーの女給が配っているという、はしたない絵の描いてあるマッチ箱だった。箱にはつまらない仕掛けがしてあって、開けると二重になった箱の中の絵が動いて男女の扇情的なポーズが見える。

「まぁ、お父さまだわ、もう……！」

お父さまはしょっちゅう、こういった物をもらって帰ってきた。

怒るたびに、お父さまは「欲しくてもらって来たのではない」と言いわけする。これはね茜、夜に銀座を歩いていると若いお嬢さんがニコニコと近づいて来てすれ違いざま両手でこちらの手を握ってくるのだよ、はて知り合いだったかなと驚いていると彼女はすでに去って別の男の元へ歩き出し、手の中にはマッチだけが残っている、けして僕が握手をしたかったのではなく、そうそうこの前の団扇《うちわ》もいつのまにか襟に刺さっていただけでね……。

「隠さなくっても好くってよ、慣れているもの」

「慣れている、だって……。君のお父さまは、平気でこんなものを家に置いておくような人なのかい」

潮さんは忌々《いまいま》しげに声を潜めた。と、そこで廊下から男の声がしたものだから、潮さんと環さんはぎょっとして振り向いた。

「おおーい、茜。呼んだかい？」

どこかからかうように、お父さまはカルピスの瓶を手に提げてひょっこりと現れた。いつの間にか戻ってきていたらしい。

「おや、お友達が来ていたのか。一人で何を騒いでいるのかと思ったら」

「お父さま、それどうしたの？」

「あぁ……お前、カルピス好きだろう？　みんなでお飲みなさい」

「どうしたのって訊いているのよ」

近づくと後ろ手にはお酒の瓶も持っているのがわかった。お酒はわたしが用意すると言っているのに、また勝手に買いに行ってきたらしい。

しかし最近の遊興振りを考えると、そんなお小遣いは残っていないはず。

「お父さま、もしかして……」

父の肩に手をかけて爪先立《つまさきだ》ち、懐へ手を突っ込むと、案の定、食器棚の奥に隠してあるはずの封筒が出てきた。

「やっぱり！　今月の生活費じゃない！」

毎月お母さまから決まった額をもらって、食費や雑費をやりくりするのはわたしの役目だった。

「酷《ひど》いわ、あぁ、もう一円札二枚しか残ってない……！」

お父さまは気まずさを誤魔化すようににやにやしている。

「……大丈夫だよ。買って来てしまったものはしょうがない。カルピスは品子さんも好きだから、きっと喜ぶさ。なんとかなる」

「なんとかするのはわたしでしょう⁉」

すっかり挨拶《あいさつ》をする機会を逃した潮さんと環さんだが、二人は加寿子さんのようにお愛想笑いで場を和ませるような性格の持ち主ではない。環さんはししし と笑っているし、潮さんは前髪の下から軽蔑のまなこを覗かせていた。

「確かに買って来てしまったものは飲むしかなくってよ、諦《あきら》めなさい茜さん。あたしも手伝ってあげるから」

「もう、お父さまの肩を持たないでよ」

思い出したようにお父さまは言った。

「それと巴《ともえ》書房へ寄って、お前が欲しがっていた本を代わりに買ってきたよ。先月に出たっていう……」

お父さまが脇《わき》に挟んでいたそれに気が付くと、一気に心が浮き立ち、あっ！　と胸の前で手を合わせた。

「鈴原先生のご本！」

今月はお小遣いを使いすぎたので、来月にお金が入ったら真っ先に買いに行こうと思っていたのだ。

「お父さま、好いの？」

「元気が出たかい？」

「ええ、ありがとう……！」

美しい表紙を高く掲げる。キラキラと光っているかのような素敵な装丁だった。これ

も生活費からの出費だろうが買ってしまったものはしょうがない！（お母さまには内緒にするしかない）

「茜さん、それなぁに？」

「ふふふ、新しいスタイルブックよ！」

わたしはえい、と二人に本を突きつけた。

「『鈴原ミュゲのおしゃれ手帖《てちょう》　～乙女のローマンチック・スタイル～』！」

二人は無反応だった。

「……ご存知、でしょう？　鈴原先生よ。今大人気で、とっても流行《はや》っているのよ」

もう一度、表紙をずいと突きつける。

「誰だそいつは」

「名前だけは認知してるわ」

「ええ！」

まさかこんなにつれない反応をされるとは。加寿子さんに話した時は「わぁ素敵、手に入ったらわたしにも見せてちょうだい」と歓声が上がったのに。

「んもう、二人とも、もう少し乙女の嗜《たしな》みを身につけたほうが好くってよ。鈴原先生は女学生ならみんな知っている有名人なんだから」

鈴原ミュゲは、夢二や華宵と並び称される叙情画家で、女学生たちの憧《あこが》れの的となっている人物だった。

美術学校の図案科を卒業し、一年間の洋行を経て仏蘭西《フランス》から帰ってきた彼は、広告の絵や小説の挿絵などで人気を博した。

たおやかで大きな眼の乙女の絵は、瞬《また》く間に少女たちの心を掴《つか》み、わたしの愛読する少女雑誌でも何度も表紙を飾っていて、鈴原先生は連載ページも持っていた。

注目されるのは絵の可憐《かれん》さだけでなく、描かれる少女の洗練されたファッション・スタイルだ。洋服の着こなしはもちろん、作り方まで図解で記されることもある。

洋装だけでなく、着物や帯の取り合わせ方や、新しい髪の結い方も、鈴原先生の考案したものはもれなく大評判を呼び、町中の女学生がこぞって真似《まね》をした。

卓越したセンスの挿絵画家たちは、乙女たちにとってはお洒落《しゃれ》の先生なのである。

現代は、人々の服装が和服から洋服へ変化する過渡期の真《ま》っ只中《ただなか》と言って好い。

わたしくらいの年頃の少女も普段着がどちらかは半々だったが、どちらにせよ自分で仕立てる場合が多かった。着る物一つ満足に縫えない少女は、よほどの家の子女でもなければ、とてもお嫁になど行けぬ（そういう家の子女は、家事も子育てもしないのだ）。

しかし、いかんせん洋装のいろはがわかる人は少ない。

縫い方も着こなしも、和服と違って母や祖母には習えない。そこで本格的な洋装の知識を持つ、彼のような西洋に明るい文化人たちが、絵や詩を用いて少女文化を大きく花開かせていったのだ。

「ねぇ、茜さんのお父さま。この鈴原センセというのは本当に少女の間で有名な人なのですか？」

「そのようだが……、君たちは知らないのかい？」

「あたしたちより茜さんのお父さまのほうが、ずっと若い女性の流行にお詳しそうでしてよ」

潮さんが小突くけれど、環さんは平然と肩を竦《すく》めた。お父さまは困ったように乾いた微笑を浮かべるしかないようだった。

「それじゃあ、二人ともゆっくりしてお行きなさい」という言葉を最後に足音が遠ざかっていったけれど、その時のわたしはもう本をぱらぱらと捲《めく》るのに夢中だった。


「あぁ、なんて素敵なのかしら……鈴原先生は天才だわ」

一通りの挿絵を見終わって、ようやく心がこの場に戻ってきた。

けれど満ち足りた気持ちに、紅茶のポットの横にずうずうしく鎮座しているカルピスが水を差す。

「随分と、剣呑《けんのん》な雰囲気の色男なんだね……、君のお父さまは」

「剣呑？　どこが？」

「言いにくいが、あれは厄介な気質の人間だと、僕は感じたぞ。その本を買ってきてくれたのだって、まんまと共犯にされただけじゃあないか」

「あ！」

「これだから、男というものは厭なんだ……、総じて気が多いし、いつも自分が一番可《か》愛《わい》くて、肉欲と愛の別を知らない哀れなやつらなのだから」

（潮さん、お父さまに捨てられて苦労しているお母さまを見て育ったから、そんなふうに思うのかしら……）

今月を残り二円で乗り切る苦労を、どうやったらお父さまに分からせることができようか。考えたが数秒で断念した。無理だ、不可能だ。さっきのむかむかが蘇《よみがえ》ってきて、ゴミ箱にえいとマッチ箱を投げ捨てた。

「あーら、もったいない」

お父さまはいつもいつも、こんないい加減なのだ。加寿子さんのお父さまも環さんのお父さまも、けしてこんなことはしないはずだ。

恥ずかしいやら腹が立つやら、大きな溜息《ためいき》と共にソファへ腰掛ける。

「欲しいならあげるわ」

「んじゃ遠慮なく。マッチは有用だもの。それに人生と似ているわ」

「人生と？」

潮さんが代わりに答えた。

「『人生は一箱のマッチに似ている。重大に扱うのは莫迦々々《ばかばか》しい。重大に扱わなければ危険である』……惜しい作家が死んだものだよ」

やはり博識な二人。わたしの知らないジョークらしい。

環さんは椅子《いす》に置いてあった白いズックの鞄《かばん》に、マッチを仕舞った。男の子じゃないんだから、セーラー服にそんな鞄を持つのはよしたら好いのに、と思うが口には出さない（もっと可愛いポシェットとか、風呂敷《ふろしき》とかに包めば好いものを……）。

足を組み直した潮さんが、つんとわたしを見上げた。

「……なぁんだ、元気そうじゃないか。君のお母さまが、娘が落ち込んでいると話していたから話を聞いてやろうと思っていたのに」

「はっ、そうだわ！　わたし、大変な心配事があるのだった！」

あぁ、こんなことをしている場合ではない！　カルピスもスタイルブックも頭から吹き飛んだ。

今にもその窓から悪魔の影がこちらを覗いてくるかもしれぬのだ。

「忘れる程度の、些細《ささい》な心配事なんだろうね」

「些細だなんてとんでもない。ことは命に関わるのよ。それこそ潮さんに相談すべき、大事件だわ」

「う――、美味！」

環さんはビスケットを齧《かじ》っていた。まるで心配していないという面持ちで指先を舐《な》める。

潮さんは、早く続きを話せと顎《あご》を上げて促した。

「わたし真剣なのよ。驚くべき怪事件なんだから」

「そうかい、それは楽しみだ。ちょうど退屈していたところだからおあつらえ向きだよ」

潮さんは椅子の肘《ひじ》掛《か》けに頬《ほお》杖《づえ》をついた。

「探偵団最初の事件だ。この僕が解決してみせよう」

「ありがとう！」

「うぃー、紅茶も美味ねぇ、倫敦《ロンドン》の香りがする」

紅茶は仏蘭西製だ。

もう環さんのことは無視である。

すべて話し終え、ほっと一息つく頃には紅茶はすっかり冷めていた。

「なるほど、影の病か」

「……驚かないの？」

潮さんは少しも取り乱さず冷静だった。

「わたし、このままだと死んでしまうのよ！　ドッペルゲンゲルを見てしまったんだもの」

もりもりビスケットを食べているだけと思っていた環さんが、すっとパーにした手を突き出して、指折りし始めた。

「一、他人の空似。二、ただの見間違い。三、生き別れの双子がなんらかの事情で同じ服装で現れた。四、遠方に鏡、もしくはそれに準ずる働きをする硝子《ガラス》等があった。五、茜さんは無自覚に心理的病を抱えており幻覚を見た」

「一か二だな。茜の性格を鑑《かんが》みると二の可能性が高いが……」

「そんなぁ！」

テーブル越しに身を乗り出すと、潮さんは「まあ待て」と腕を組んだ。

「が、君のお父さまも目撃したという証言がある以上、一の可能性が高い。しかも、時間から察するに、乗合い自動車から商店街にいるそいつが目撃され、そのすぐあとに、君自身が商店街へ出掛け、しかと目撃しているのだから、茜に瓜二つの人物がその日その時間、確かに商店街に存在した、と僕は考えるね」

潮さんの言うことはもっともだった。そう、わたしだって自分だけが見たのならここまで騒ぎはしなかったろう。

「もっと早く相談してくれれば、さっき君のお父さまへ話を訊けたのにな……」

お父さまはまたどこかへ出かけてしまったようだった。わたしのお友達が来ていたから居づらかったのかもしれぬ。

「君は、休みの日は校服を着ないらしいな」

何かしら、と思っていると環さんがはんと手を打った。

「茜さんもお父さまも、そのドッペルさんを遠目にしか見ていないというところが味噌《みそ》なのよ」

「え？　どういうこと？」

「判断材料は顔形よりも全体のシルエットだったわけでしょう。あなたのその……」

と環さんは腕を伸ばし、わたしのスカートの裾《すそ》をつまんだ。

「奇抜な洋装が、ドッペルさんと酷似していたのではなくって？」

「き、奇抜ですって⁉」

環さんは目を瞬かせ、「ぎゃ」と口元を押さえた。

「そんな悪口初めて言われたわ」

「悪口ではなく、一般的でないというただの客観的事実よ」

「それ、やっぱり変だってことじゃない！」

「えーと、まるで少女雑誌から飛び出て来たかのよな、非現実的で装飾過多な服装が、そぉねぇ……あぁもう面倒くさぁ。あなたが好いと思ってるならそれで好いじゃないの」

あんぐりと口を開け衝撃に打ち震える。

奇抜とはこれいかに！

しかし相手は環さんだ。学問一辺倒でその他のことに頓着のない変人には、近代的スタイルというものが理解出来ないだけに違いない。

仕方のない人……、でもいたずらにセンスをひけらかすのは嫌味な少女のすること。心も美しくあるためにはそんなこと口にしては、いけない。

「まぁ、確かに女性のお洒落は誰かの評判よりも、自分のためにあるのだものね。褒め言葉と受け取っておくわ」

「そうそう褒め言葉よぉ。よっ、すこシャン！　日本一！」

ぱらぱらとページを捲っていた潮さんは、鋭い視線で顔をあげた。

「なるほどな……君の洋服は既製品でもオーダーメイドでもなく、すべて手作りだったのか」

「ええ、お店に頼むような余裕はないもの……」

「僕も環も流行りのスタイルブックなんて読まないから、君のセンスを理解してやることは出来ないが……卒爾《そつじ》ながら君が往来で悪目立ちしていることは事実で、大事なのはそこなのだよ」

「そ、そんな、悪目立ちだなんて……。さっきの本に載っているような洋服を拵えている少女は星の数ほどあるのだから、わたしのような格好をしている人は決して珍しくないのよ？」

女学校の校服が袴《はかま》からセーラー服に変わっていってからは、その動きやすさと可愛らしさが重宝されて、潮さんや環さんのように休日も校服で過ごす者が多いのだが。普通の少女ならば、校服以外のよそ行きが欲しいと思うのが当然である。

「わたしはお裁縫とお洒落が一等の趣味なの。だからなけなしのお小遣いをやりくりして何着も拵えているのよ」

潮さんは、あるページで手を止め、わたしと交互に見比べた。

「今着ているのは、このページに載っている型の洋服だね？」

「あら、わかる？　それ、今年の初め頃の『少女の友』に載っていたのよ。鈴原先生はその頃連載を持っていたの。丈は変えてみたんだけど、素敵に仕上がってるでしょう？」

　色の濃い卵の殻のような、落ち着いた煉瓦色《れんがいろ》のブラウスとスカートのツーピース。ブラウスはギリシアの服のようにボタンはなく、頭から被れるゆったりとした襟なしで、ドレープを寄せて、袖口には白いパイピングをつけて……共布のスカートは大人っぽく、膝下までふわりと広がる。これだけでは地味だけれど、帽子を被ってウエストにベルトでも締めて、それから白いストッキングを吊《つ》ってストラップシューズを合わせればなかなかエレガントなよそ行きにもなりそうな気がする。

　環さんが苦い顔をした。

「ええ？　ぜーんぜん違うじゃない」

「作例の絵とは色や生地を変えてあるだけで、およその形は一緒だろう」

「へぇん？　あたしにゃ、違いがわかりやせん」

「環さん、お裁縫の成績は悪くないのに……」

「手先は器用なのよ。だけどファッション・センスというものが理解不能なの、見本通りにしか作れないわ」

「上手なのに惜しいわ。本とまったく同じじゃ野暮じゃない……」

　ドッペルゲンゲルも着ていた、あのワンピースだってそうだ。

　本に載っていた作例では青い無地のポプリンが使ってあったのだが、もっと華やかな訪問用にも着られる服にしたいと頭を捻《ひね》り、花柄のクレプデシンで作ったものだった。

我ながら気の利《き》いた工夫、と鏡を見るたび思っていた。

「潮さんたら洋裁に興味が湧いたの？　教えてあげましょうか」

「そんなんじゃない。一つ、はっきりしたことがあるんだ」

潮さんは、凛々《りり》しい声で断言した。

「茜の洋服は、創意工夫に富み、どれもこの世に一つしかないものなのだよ。なのに、同じ格好のそっくりさんが現れた。こいつはいよいよ奇妙だぞ……」


早速彼女を探しに行こう。

と、潮さんはあれからすぐに出発を決め、鈴原先生のご本を環さんの鞄に仕舞わせた。

わたしは恐ろしくって激しく抵抗したが、二人にむりやり両手を引かれて（お母さまはとびきりの笑顔で手を振って見送った）ずるずると歩いた。

すっかり不貞腐《ふてくさ》れたわたしを二人が引っ張って立たせていると、からからとした笑い声が後ろから聞こえた。

いつも行く魚屋のおばさんだった。

「こんにちはお嬢さん、好《い》いわね、お友達と仲良しで」

「ま……！　ごきげんよう。恥ずかしいわこんなところ見られて」

赤面しながら会釈《えしやく》する。

「あなたがこの時間におつかいへ来るなんて珍しいこと。日曜はお休みのお店が多いのに……そうだわ、うちは今日、好いイカが入ってるわよ！」

「いいえ、今日はお買い物じゃなくってよ……」

口ごもると、潮さんが「調査さ」とおばさんへ微笑んだ。

その凜々しさにほうっと息を飲んだおばさんは、柔らかい表情になって、また二言、三言、言葉を交わしたのちに、手を振って店のほうへ歩いていった。

「親しいのかい？」

「ええ、しゅっちゅうお買い物へ行くのよ。いつもご挨拶してるわ」

「なるほど。ま、顔見知り程度……といったところか」

「また上げ足をとって。とっても好い奥さんなんだから」

「『親しい』の定義が僕とは随分と違うみたいだな。互いに名前すら知らない様子に見えたがね……」

そこで潮さんは顎に手を添えて理知的な流し目をした。

「君、さっきあのご婦人が言っていたように、いつも決まった時間にここへおつかいに？」

「そうね。だいたい月、水、金の夕方と、土曜日は三時くらいかしらね」

「習慣なのかい？」

「習慣、なんて改まって言われるとなんだかおかしいわ」

毎日食事の仕度をしなければならないのだから、本当なら世の主婦たちのように、毎日買い物へ行きたいものだ。

けれど学校もあるし、お父さまが予告なく不在で材料を余してしまう日も多いし、花村家は他家に比べれば不真面目《ふまじめ》な暮らしをしているほうだろう。

「でもそうね。習慣だわ。ついでに言うと、お買い物の前に本屋さんに寄るのも習慣ね！　店先に新しい雑誌が置いてあるから、ついつい立ち読みをしちゃうのよ。一寸《ちよつと》だけと思っても何十分も居座ってしまって、そういう時って、もう行かなきゃって思った時に限って面白そうな本が目に入ってくるものだから……」

「あぁ、もうわかったわかった。そういうお喋《しやべ》りは寒河江さんに聞いてもらいたまえ。……さて、と」

すっと迷いのない足取りで歩き出した潮さん。

環さんがからかい混じりに尋ねる。

「ドッペルさんの居場所は予想がついて？　探偵団長さん」

「そうだな……。まず、確認したいことがいくつかある。茜、その本屋は近いのかい？」

「本屋さん？　何をしに行くの？」

「鈴原ミュゲの本がどのくらい売れているのか見たいんだ」

そして、通りの真ん中あたりにある、行きつけの書店、巴書房へ二人を案内することになった。

いつものように、店先に出された棚の前は老若男女《ろうにゃくなんにょ》の立ち読み客で賑《にぎ》わっている（こうやって繁盛《はんじょう》しているように見せたいというお店の意図もあるのだから、わたしがいつも立ち読みしているのも、そう迷惑ではないはず）。

店の奥へ行くと、先月出たばかりでまだ売れ筋なのだろう、鈴原先生の本は目立つところに沢山置いてあった。

「ほら、ご覧なさい。あなたたちが知らないだけで有名人なのよ」

二人に鈴原先生の素晴らしさを力説していると、帳場に坐した白髪の店主の視線を感じた。

「茜さんてば、あんまり騒々しくするからあの偏屈そうな主人が放逐してやろうかと迷っているみたいよ」

「あら、そんなことなくってよ」

いつも帳場で古木のように坐《すわ》っているか、眉間《みけん》に皺《しわ》を寄せてハタキで子どもを追い払っているかの老人だが、けして悪人ではない。

お父さまも彼が気に入っているみたいで、この本屋にはよく来る。取り置きをいくら溜めても文句を言わずに待っていてくれるのだという。

彼の視線は、環さんの言うのとは違って、わたしには少し楽しげに見えた。

きっとさっきの魚屋のおばさんのように、いつも一人で来る馴染み客の少女が友達と一緒にいるのを見るのが珍しく、面白いのだろう。

目が合ったので、ぺこりと会釈した。彼は頷《うなず》いたのか下を向いたのか、どちらともつかない反応を見せた。

「君は、やたらと愛想が好い少女だな……」

潮さんがぼそりと呟《つぶや》いた。

「まぁ、ご挨拶しただけよ」

「そうかい。次へ行こうか」

彼女はふっと微笑んで、店を出た。

次に潮さんがわたしに案内させたのは、生地屋だった。

巴書房から歩いて五分ほどのところにある、「コスモス手芸店」という広い店だ。

「……」

店へ入る前、潮さんはちらりと通ってきた道を振り返った。

「潮さん？」

「……いや、気のせいだ。行こう」

ありとあらゆる色や素材の布が棚から溢《あふ》れんばかりに並んでいた。潮さんは真《ま》っ直《す》ぐに奥のテーブルにいる店主の元へ向かった。

「環、あの本を」

どうするつもりかしら、と思っていると、潮さんは鈴原先生のご本を店主に見せた。

「失敬、一つ伺いたいのですが、この服を作るにはどれくらいの尺が必要ですか？」

彼女が開いたのは、例のワンピースのページだ。

彼は鼻にずらしていた眼鏡を掛け直し、ページを見下ろした。

店主は「ああこれね」と読みもせずに用尺を即答した。暇そうに巻き尺を品定めしていた環さんが驚いた顔をした。

「あら、暗記してらっしゃるのね。もしかして、近頃人気なのですか？」

「鈴原ミュゲの新しく出たばかりの本だろう？　この本を手にうちの店へ来た人は数え切れないよ」

「それじゃあ、同じ服を着た少女が町に氾濫《はんらん》してしまいそうですわね」

店主は環さんの冗談にくくっと噴き出し、鉛筆でこめかみを掻《か》いた。

「違いない、色まで本通りに作る人は多いからね。青色のポプリンが飛ぶように売れた」

おや、みんな青のポプリンで作ったらしい。好きな色で作ったほうが楽しいのに。創意工夫を加えるにはセンスが不可欠だから、自信のない人は本の通りに作るのだろう。密《ひそ》かに得意な気分になって鼻息を荒くした。

店主はそこで、こちらへ微笑《ほほえ》み、

「後ろのお嬢さんも、いつも鈴原ミュゲの載っている雑誌を持って来るね」と言った。

わたしは少しはにかみながら、一歩進み出る。

「ごきげんよう、覚えていらしたんですね」

「常連さんの顔は覚えているさ。君はいつもおか……、面白い組み合わせでボタンやリボンを買って行くからねぇ」

手芸店の人にまで褒められた！　やはりわたしのセンスは本物らしい。

そうだ、女学校を出たら鈴原先生のように洋装指南をする専門家になるのはどうだろう。「花村茜のモダーン・ガール手帖　～これであなたもチャームさん～」なんて……。

「茜、君が買ったという生地はどれだい？」

将来へ想《おも》いを馳《は》せているところではっと目的を思い出す。

わたしは壁際《かべぎわ》の棚へ手を伸ばして一巻きの生地を取り出した。光沢のある白地に花模様の、例のクレプデシンだ。

「店主、この生地はどのくらい売れていますか？」

潮さんが尋ねると、妙なことを聞くものだ、と顔に出しながら彼は唸《うな》った。

「売れ筋ではないがねぇ、派手な生地だから……一寸待ちなさい」

彼はくるりと背中を見せて、テーブルの後ろの書棚から、一冊のノートブックを摘《つま》み上げた。定規で線の引かれたページは、どうやら品物の管理帳のようである。

「随分と几帳面《きちょうめん》なのね」とつい呟くと、店主は眉間に皺を寄せて呻《うめ》いた。

「近頃物騒だからね、このくらいはやっておかんと」

「物騒？」

「この間は向こうの団子屋に〝お目見得〟があったし、田端のほうでは商店で煙草が大量に万引きされたって新聞に載っていただろう。まったく近頃の不良少年少女にはたまったもんじゃない……」

お目見得泥棒、とは最近世間を騒がせている犯罪だった。商店や飲食店に雇われた人間が、勤め出してすぐ、お店のお金を持って姿をくらましてしまうことである。もっぱら遊興費の欲しい十代の者が犯人であることが多いという。おお、荒ぶる若者。

やがて、店主はあるページで手を止めた。

「……あったあった、三月と今月に一度ずつ、売れているね」

彼の指差した箇所を見下ろす。

「三月の分は私だわ、買った尺も合っているもの」

ということはもう一件の、今月に売れた分というのは……。

潮さんはノートの数字を見比べ、にやりと笑った。

「買っている用尺がほとんど同じだな。この日に、色糸やボタンも、茜が買ったのと同じか、似たものが売れているんじゃないか？」

わたしは横からノートを一緒に覗《のぞ》く。目を皿にして潮さんの捲るページを追い「あっ」と声を上げた。

「止まって！　これだわ、これに違いない。貝ボタン一・五センチが四つ、一センチが六つ、ピンク色のリボンが六十センチ、あのワンピースの飾りととっても似ていてよ」

潮さんは、腕を組んでわたしを見やった。

「どうやら誰かが今月に、君が買ったのと同じ材料を買いに来たことは間違いないようだよ」

「という、ことは……」

胸の前で両手を合わせる。

「……今月にたまたまあの本を見て、わたしと同じ柄の生地を買っていった人があっただけ、なのね？　そして、その子が完成させた服はわたしのとそっくりだった……」

なぁんだ、恐《こわ》がって損した！

一気に肩の力が抜けた。が、潮さんは腕を組んだままだ。

「楽観視するのは危険だぞ。偶然にしては出来すぎている。誰かが君の服装を再現しようとしたと考えるほうが自然だ」

「さ、再現ですって？」

当惑するわたしに、潮さんは容赦なく説明する。

「おそらく、茜の服装を意図的に真似ているのだよ。髪形も長いおさげに編んで、似たような靴や買い物籠《かご》まで揃《そろ》えて、あの商店街に出没しているのだ」

そこで潮さんは、じっと目をつむった。

「僕が推察するに……ドッペルゲンゲルはどこかで件《くだん》のワンピースを着た茜を見たんだ。そのとき、色は違えどあの本に載っているデザインだとすぐに見抜けたからこそ、上手に真似をして作ることが出来たわけだ。そこから考えると、ドッペルゲンゲルの正体は、元より茜と似たような読み物を愛し、裁縫の教育も受けている、年頃の少女と考えるのが相応《ふさわ》しいだろう」

「それって、女学生、とか……？」

「その可能性が高いな」

残念ながら、多くの女性客が訪れるため、店主は花柄のクレプデシンを買っていった人物を覚えてはいなかった。

コスモス手芸店を出たわたしたちは並んで歩き出した。

「もしや……！」

突如湧《わ》いた考えに沈黙を打ち破って声を上げた。

「わたしを慕う下級生が、密かに真似をしているのでは……？」

——あぁ、憧れの茜お姉さま。いつも遠くから見つめております。わたしもお姉さまの着ているようなお洋服が欲しい……！

環さんはぷーっと吹き出したが、ぴたっと停止すると、考え直したように頷いた。

「……あり得なくは、ない、わね。可能性としては。憧憬《しょうけい》する人の真似をするのは、少女の性《さが》だもの」

「あぁやっぱり！　嬉《うれ》しいけれど困ってしまう。その子の気持ちには応《こた》えてあげられないもの……」

つい潮さんのほうを見ると、彼女はげんなりとした表情を作っていた。

「そのうちお手紙がくるんじゃなくて？『妹にしてくださいまし！』って」

「本当にお気楽だな君たちは……」

環さんも肯定してくれたというのに、潮さんは納得がいかないようだ（わたしがモテるのに妬《や》いているのかも知れぬ）。

「何はともあれ、好かったじゃない茜さん。少なくともお化けでないことが判明したのだし、エスなら恐れることはない、一安心よ」

頷いたがしかし、潮さんが一歩前へ踏み出して振り返った。腕を組み、仁王立ちするようにその場に立ち止まる。

「……そうだったら、なんの問題もないのだがね。うかうかしていると、とんだとばっちりを喰らうかもしれないぞ」

面食らったのはわたしだけで、環さんは舌を出して頭を掻いた。

「僕には仮説があるのだ。最悪の事態を見越して、やはり犯人を特定しておくべきと思うね」

後ろの路地から、にゃあと痩《や》せこけた野良《のら》猫が顔を出す。すでに興味を失《な》くしたらしい環さんはしゃがみ込んで撫《な》ぜ始めた。

「もう、最悪の事態だなんて、大袈裟《おおげさ》ね」

「大袈裟なものか。現に、これまでの調査で僕の予想はどんどん裏打ちされているぞ」

「どういうことよ？」

「それは君が……」

と、潮さんは目を瞠《みは》った。

「潮さん？」

「しっ。環、立て。……二人とも、そのまま振り返らずに歩くんだ」

三人、横並びに歩き出す。

環さんは欠伸《あくび》を嚙《か》み殺しつつも、順応性高く、もう自然な様子で前を向いたまま何気なく尋ねた。

「ふぅーん、さっきの『気のせい』ではなかった、というところかしら？」

その言葉で、潮さんがコスモス手芸店に入る前に周囲を気にしていたことを思い出した。

「つけられているようだ」

「まぁ誰に⁉　あっ、ドッペル……」

「騒ぐな！」

潮さんは私の手をぎゅっと摑んだ。

「少女ではない。男だ。歳《とし》は二十代前半、鳥打帽に茶色のジャケツを着ている。さっきから怪しげな動きで僕たちを追いかけているぞ」

「男ぉ？」

環さんは意外そうに声を裏返らせた。

「予想外だわ。皆目さっぱり。お二人は尾行される心当たりでもあって？」

「あるはずないわ！」

「ひょっとしたら、僕かもしれない……」

潮さんは暗い声で呟いた。

「きっと、今回の事件とは関係がないんだ。僕は命を狙《ねら》われてもおかしくない出自だからね。もしかすると誰かの差し金で……」

「た、大変！　清王朝の陰謀だというの？　どうしましょう」

一方、環さんは歌うように両手を広げた。

「潮さんってば、あなたの苦労は理解するけど自意識過剰だわ。存在が抹消されているあなたは、もう十年以上芳子さん以外には放置されているのでしょう。今さら白昼堂々手を出しにくる？」

「あちらさんの事情なんていつ変わるかわからないものなんだぞ。邪魔に思っているやつがいても、おかしくないさ」

潮さんは軽んじられたことにむっとしているようだった。

環さんはズック鞄から飾りっけのない手鏡を取り出して後ろの男を観察した。

「……精悍《せいかん》で善良そうな青年ね。背丈は目算、五尺と八寸程度。筋肉質。腕っ節は強そうではあるけれど、あれが清王朝の差し金に見えて？　どちらかというと今回の事件の容疑者ではないかしら」

「何を言っている。犯人は歳若い少女だろうと、さっき話したじゃないか」

「わからないわよぉ、彼は怪しい。なんだって、女学生をつけるのやら……今度こそ賭《か》けても好いわ、『あいつが黒幕』に五十銭」

「もう、環さんったらこんなときにまたモメて……」

しかし、環さんは眼鏡を押し上げ、「閑話休題」と気取った様子で目をつむる。

「直線の道が続く商店街で撒《ま》くのは困難ね。万が一、潮さんの言う通り、彼が恐ろしき暗殺者だったら大変。最悪の事態を見越して、まずはあなたを逃がすことを最優先しなくっちゃあいけないわ。というわけで、あたしが囮《おとり》になって一問着起《ひともんちやく》こしているうちに、二人に姿を晦《くら》ましてもらうということで、いかが？」

「お、囮……？」

潮さんは、黙って環さんの鏡を覗き、ようやく頷いた。

「……なるほど、妙な歩き方の男だな。やけに摺《す》り足だ。そうか、そうか……」

そして、にんまりと髪を掻き上げた。

「訂正する。僕は『あいつも事件を追っている』に一円だ」

「まーぁ随分な飛躍ね！　何ゆえに？」

「観察眼を鍛えるんだな。シャロック・ホルムスじゃなくたってわかるさ。気になるなら本人に直接、訊《き》いてみろ。なんなら集合場所にあいつを連れてきたって好いぞ！　さぁ作戦決行だ。集合場所はマル六。……好いな？　茜」

「えっ……、ええっと……！」

「合点！」

戸惑うばかりのわたしを他所《よそ》に、二人はずけずけと話をつけてしまった。

潮さんが私の手を握る。

環さんが、ばっと真後ろへ走り出す。

鳥打帽の男がびくっと立ち止まるのが見えた。

「茜！　走るぞ！」

わけもわからぬまま、わたしは彼女と駆け出した。

問う暇もなく、前のめりに全力疾走する。

「――ちぇすとぉーっ！」

走りながら後ろを振り返ると、なんて大胆！　環さんが、ズック鞄から新聞紙で折ったハリセンを取り出し、鳥打帽の男に襲い掛かっていた（ちぇすとって何⁉）。

男は異様な女学生に大いに困惑し……たように見えたのは一瞬で、すぐさま近くの塀に立て掛けてあった竹箒《たけぼうき》を摑み、両手で構えた。

その瞬間、びりりとした気迫が電流のように、通りに流れる！

野良猫が毛を逆立てて逃げた。鳥打帽の下に光った彼の眼光は鋭く、只者ではないことが窺《うかが》えた。

「だ、大丈夫なのっ⁉」

「無論だ。あの男は断じて女学生に暴力を振るったりはしない」

——パーン！

ハリセンと竹箒の音が続いた。

「そんなことわからないじゃない！」

「わかるさ。彼は恐らく警官だ。君を追っている」

「えぇっ⁉」

息が切れて、もう喋る余裕もない。潮さんも全力疾走しながら喋るのは苦しいはずだ。けれど、この快活な横顔ときたら！

(すっかり、探偵少女だわ！)

小路《こみち》に入ってジグザグに走り抜ける。わたしの胸は未《いま》だかつてない興奮に慄《ふる》えていた。

あぁ、これが青春というものかしら？

安穏とした虚無を打ち砕く、勇敢なる乙女の冒険！

夢中で走り続け、来たことのない住宅街に出た。そこでようやっと足を止め、わたしたちは膝《ひざ》に手をついてぜえはあ呼吸を整えた。

「……ねぇ潮さん。お願いだから一から説明してちょうだい。どうして警察がわたしを追っているの？」

「話してやる、だがここじゃあ落ち着かない。集合場所へ着いてからにしよう」

探偵団ではいくつかの符牒《ふちよう》が決めてあった。

たとえば場所を示す言葉。「マル一」つまり①は、学校。
②は浅草寺《せんそうじ》、③は学校併設の教会で、さっき言った⑥は、ええと……
「どこへ行くのだったかしら？」

「やれ、君が一番忘れなそうな場所のはずだが？」

それを聞いて、ぱあっと心が晴れる。

「湯島のソーダー・ファウンテン！」

「正解」


色硝子の嵌《はま》ったドアを押す。ドアベルが音を立てる。一歩足を踏み入れると思わず喉《のど》が鳴り、疲れが吹き飛んだ。

上野駅からほど近いこのソーダー・ファウンテンには、何度か家族で来たことがあった。

「わぁ、いつ来ても素敵。何を頼もうかしら」

「環はまだ来ていないようだな」

「彼女、本当に大丈夫かしら？」

「心配ないさ。のんびり待とう」

真四角のテーブルへ掛けると、潮さんは対面ではなく右隣に掛けた。向かい合うより照れなくて、距離が近い。潮さんはちらとこちらを見たがすぐにテーブルに視線を落とした。お互い同じことを思っているのかもしれない。

「ねぇ、さっき環さんが、ちぇー……？　って叫んでいたのって何かしら？」

「『ちぇすと』か？　九州の方言だ。たしか、環の母親が鹿児島の生まれなんだよ。意味は『えい！』とか『とりゃ！』とか……ただの掛け声さ」

「ふぅーん」

フルーツポンチを二つ頼むと、すぐに涼しげなグラスが運ばれてきた。ソーダー水のシラップに浮かぶ色とりどりのフルーツが、とても綺麗《きれい》。

「さて、何から話したものか。君は驚かせるといちいちうるさく反応するから、突飛にも聞こえる結論は後回しに、僕の思考を順になぞって聞かせよう」

「そのほうがきっとわかりやすいわ」

またも小馬鹿《こばか》にされたようだが、彼女の皮肉は嫌いじゃない。

「まず、僕が注目したのは二点。君が覚えやすい外見をしていることと、毎週決まった行動をとっていることだ。恐らく犯人は、君を商店街で好《よ》く見かけていて、目をつけたのだろう。君を利用しようと思いついた犯人は、君を観察して詳しい行動様式を把握した」

黙って最後まで聞こう、と決めたばかりなのに、早速疑問が湧く。

「君は、僕が先日口にした『アリバイ』という言葉を覚えているかい」

「ええ、それは覚えたわ。わたしも探偵団員になったのだもの」

「犯人はね、君とそっくりの格好をすることで、アリバイを偽造しようとしたのではないかと、僕は仮説を立てたのだ」

「それって……！」

「犯人は茜が買い物をしている決まった時間に、別の場所でなんらかの悪事を働いていたのだ。そして、もしそれが露見するようなことがあったら、『自分はその頃、商店街のどこそこにいた』と言い逃れするつもりだったのだ。自分に似た替え玉を用意するのではなく、替え玉のほうに普段から自分を似せていたわけさ」

スプーンから角切りの桃が滑り落ち、ソーダー水がぽちゃんと音を立てた。

「そんな嘘《うそ》がまかり通って？」

「通るだろう。商店街には君の顔馴染《なじ》みが沢山いるが、誰も君の名前はおろか、どこの誰かも知らないのだから」

「……………！」

たとえば犯人が警察に捕まって、嘘のアリバイを証言したとしたら。きっと警察が裏を取りに来るはずだ。

ようやく繋《つな》がってきた。それで警察は捜査をするうち、わたしを……！

「犯人の言を確かめようとした警察は、上野の商店街へ行き、どこそこ屋の店員に訊くだろう。『何月何日何時ごろ、こんな特徴の少女を見なかったか？』……すると店員はこう答える『あぁ、確かに見たよ』と」

潮さんは真っ赤なチェリーを頬張る。わたしも真似《まね》て、タネを吐き出した。

「これでアリバイは成立し、犯人はまんまと逃げおおせた。しかし、警察だってこんな浅知恵に騙《だま》されはしない。証拠を摑《つか》もうと調べるはずだ。上野に張り込み、例の少女を探して観察し……」

そこへ、がらんがらんとドアベルが鳴る。「いらっしゃい」と男給が颯爽《さっそう》と出迎えた相手は待ちかねた友であった。

「環さん！」

「お待たせ、お待たせ、あぁもう汗だくよ」

ぼろぼろになったハリセンで首元を扇《あお》ぎながら、彼女はテーブルへ近づいて来た。

その後ろには、さっきの鳥打帽の男がむず痒《がゆ》そうな顔で続いていた。

やや日焼けしたきめの細かい肌。生真面目そうな顔で店内をきょろきょろと見回して、彼は環さんを見下ろした。

「落ち着かないようねぇ、刑事さん」

「私はこういう場所は……というより、話を聞いて欲しいなら署までついてこいと……」

「まぁ、本当に刑事さんだったの⁉」

潮さんは当然という顔で頰杖《ほおづえ》をついた。

「やはり僕の思った通りだったみたいだね。環、一円寄越せ」

「はいはい敗北よ。でも事件の話が済んでからで好いかしら？　ウエイターさん、あたしにもフルーツポンチを一つ。刑事さんは？」

「甘いものは好かん！」

刑事さんはどすんと席へつき、お冷を一気飲みして腕を組んだ。

怖そうな風貌《ふうぼう》に、ついテーブルの下で潮さんの袖《そで》を摘む。彼女はなんの反応も見せなかったけれど、そっと手を寄せてきた。

「さて、刑事さん。彼女に言うことはないかね」

「言うことだと？」

やはり鋭い眼光。黒々とした松の葉のような直毛。環さんまで、おちょくるような言葉を放つ。

「罪もなきか弱い女学生を尾行しておいて、失礼だと思わないの？」

「罪ならある。私が言うことがあるとすれば一つだ」

向かいに座った刑事さんは、テーブルの上の拳《こぶし》を握り締めた。

「花村茜、貴様を連続窃盗《せっとう》容疑で補導する」

「わたしじゃありません！　話を聞いてください！」

「毎度毎度上手《うま》く言い逃れして釈放されているようだが、私が動いたからには今度こそ尻尾《しっぽ》を摑んでやるぞ。さぁ、大人しく住所と学校を教えなさい」

潮さんがスプーンから手を離し、からんと高い音が鳴る。

「待て……今の口ぶりは引っ掛かるな。君はどこで茜の名前を知った？」

口を挟まれて、刑事さんは苛立《いらだ》った様子だ。

「以前補導されたときにそう名乗ったらしいじゃないか」

「らしい？　あなたは補導に立ち会ったわけではないのだな。なるほど、同一少女の度重なる補導に、交番では対処しきれず刑事のところへ回されたのか。そしてあなたは、紙の資料しか見ていない……」

「……何が言いたい？」

「犯人は名前以外の住所や学校は語らず……。だが茜の名前だけは知っていてその名を騙《かた》っている……、つまり直接の知り合いではないが、まったく縁もゆかりもないというわけでもない……」

潮さんは顎《あご》に手を当てぶつぶつと呟いていた。

意外なことに、刑事さんは耳を傾けている。女学生のたわごとと聞き流す気はなさそうだった。

第一印象では恐そうな人……とばかり思っていたけれど、案外話せばわかってくれるかもしれぬ。

「確証はない……が可能性は高い。環！」

「はぁいー」

潮さんは突如立ち上がった。がたっとテーブルが動き、店内の人たちの視線が集まる。

「マッチ箱はまだ持っているか？」

潮さんはわたしの手を引いていき、男給に電話を貸して欲しいと頼んだ。

「マッチって、一体どうして？」

「君の存在を犯人に教えたのは、君のお父さまかもしれない」

思いも寄らない方向に話が飛んだ。

「たまたま『花村茜』のことを知った犯人は、偶然か、探したのかはわからないが、特徴に当てはまる人物を見つけ、今回の計画を考えた……」

手の中のマッチ箱に書いてある店の名を呟き、彼女はしかつめらしい顔をした。

「どうせこの店だけじゃないんだろうな……。足を使うのは面倒なんだがね。まずは家に電話を掛けて、父親に確かめてみることだ」

わたしは潮さんに詳しい話を聞いて膝を打った。

さっき出掛けたばかりだ、いないかもしれぬ。そう思いつつ家へ掛けてみたら、母に取り次いでもらうこともなくいきなり父が出た。

ちょうど帰ってきたところらしかった。忙《せわ》しない人だ。

『おや、今どこにいるんだい。そろそろ夕暮れだから帰っておいで』

「それどころじゃないのよ。ねぇ、お父さまはカフェーで女給さんにわたしの話をしたことがあって？」

『…………』

わたしは今までに見たマッチに書いてある店名を覚えている限り挙げていった。

『……お父さま、今晩は菜っ葉の白和えが食べたいな。暗くなる前に家に戻って来なさい』

「はぐらかさないで。贔屓《ひいき》の女給さんのお名前を教えてちょうだい、全部のお店のよ。きっとわたしと歳の近い人があるのでしょう？」

『おかか和えでも好いよ』

「ねぇ大事なことなのよ。茜っていう娘がいるとか、いつも上野の商店街で買い物をするとか、お洒落《しゃれ》な子だとか、髪が長くてお下げにしてるとか……そんなふうに女給さんに話してしまったことはなくって？」

『……お客さんが来たから切るよ』

受話器の置かれる雑音。

「…………もーぉ!!」

「君も大変だな……」

隣にいる潮さんには会話が聞こえていたようだ。

かくして、ドッペルゲンゲル事件の謎《なぞ》は、ほぼ白日の下に晒《さら》されたのである。

女というのはどうしてこう自分を翻弄《ほんろう》してやまないのだろう。

もう何度「こりごりだ」と思ったか知れない。けれどひとたび柔らかな微笑を見せられると己の心は舞い上がり、つい手を伸ばしてしまう。

いっそ払い退《の》けてくれれば好い。そうすれば自分は惨《みじ》めな仔犬《こいぬ》のようにあっさりと逃げ帰ることだろう。家内の元へ。

花村品子の元へ。

不思議と女性は、僕を放っておいてはいけないと思うらしい。

一昨日《おととい》はカフェーへ贔屓の女給に会いに行き、昨日はその近くにある詩作仲間の、仲間の仲間か、名前もわからぬ誰かの下宿に上がってやんやと飲み明かしていた。

明け方、雑魚寝《ざこね》の六畳で起き上がったら、急に虚《むな》しさが込み上げて黙って出てきてしまった。そそくさと玄関で下駄《げた》を履いていると、いつのまにか背後に立っていた老主人が、馬鹿騒ぎの小言を言ってきた。

彼が他の者には気後れして、僕にだけ言ってきたのだとわかってしまったから、苛立ちはしなかった。むしろ、ある種の親近感を抱いて、柔らかな心持にさえなった。

…………弱虫！

そう、生まれついての。

シンパシィというものを感じた。

この世界には、どうしようもない弱虫が稀《まれ》におり、けれど確かに喘《あえ》ぎながら呼吸をしている。

頑健な者たちよ、お前たちの勝ちだ！

気の済むまで僕等の背に石を投げるが好い！

僕の懐《ふところ》には、もう女給にもらったマッチしか入っていない。お金は、持っているとあるだけ使ってしまうのが常だった。

裏にはカフェーの番地と電話番号とが書いてある。それは知らない土地への片道切符のようにも見えた。

「疎水先生なら、あたし、お店の外で会っても好くってよ。なんなら銀座のもっと面白いとこ案内するわ……いつもチップを弾んでくれている、お・れ・い……」

大人びた化粧の女給はそう言ってウインクした。

あぁ襟元から立ち上る白粉《おしろい》の香りよ。歳をごまかしているのが見え見えな不良少女のあどけなさが、かえってイットを感じさせる。そんな非日常的の少女に、真昼の白々した現実や家のことを話したりしてしまうのだから、僕は本当はどちらを夢にしたいのか、分からなくなってしまう。


あれこれと考えているうちに、午後が過ぎていく。

客間でぼんやりと煙草《たばこ》をふかしていた。

家へ帰ってきたら茜はお友達と出掛けたようで、誰も出迎えてはくれなかった。玄関の開く音は聞こえているはずなのに、品子さんは書斎から出てくる気配すらみせやしない。

品子さんが忙しそうにしているとお腹《なか》の辺りがきりきりしてしまう。彼女は毎日、毎日、丁寧に文字を綴《つづ》る。僕はもう、ペンを持つのがすっかり恐い。

電話が鳴った。

一回、二回、三回……。

彼女に出る気はないようだ。

いや、奇遇なことで。

重い腰を上げると、電話の主は娘であった。しかも何やら興奮した様子で、いきなり僕のカフェー通いを責めてきた。

乙女とは潔癖なものである。

きっと彼女は前々から抱いていた、父親の放蕩《ほうとう》への心の靄《もや》を、なんらかのきっかけで発露させたに違いない。

恋する男が、思いつめて思いつめたのちに、ふっと無鉄砲になって半年も会っていなかった彼女を突然訪ねて結婚を申し込むような。

そんな心境で、突撃してきたのであろう。

似たもの、親子。

後日、警察を名乗る者が二人、うちを訪ねてきた。

台所の窓から逃げようとしたら、品子さんに襟首をつかまれてびたんと床に倒された。

「……今回はあなたじゃありませんよ、茜に用なのよ」

「茜に？　何がどうしたって言うんだい」

「被害者でも加害者でもないわ、なんともないから」

言い聞かせるように彼女は僕の背中をとんと叩《たた》いた。

「ドッペルゲンゲルの件よ」

茜が脅かすように言った。

「まさか相談したのかい？　深刻に考えることはないじゃないか。取り合ってくれるわけがない。あんな不可思議な謎、警察に解けるものか」

「いいえ、頼むまでもないわ。とうに解けてよそんな謎！」

娘は少しだけいつもと違う、大胆な微笑を見せた。

「わたしとお友達で警察よりも早く解決したの！」

この年頃の少女というものは、瞬《まばた》きした瞬間別の人になったみたいに変わってしまう。

茜の横顔を覗くと大きな眼がぱちくりした。美しい品子さんの面影を持った、つんと上向きの鼻。

品子さんは茜からすでに事情を聞いているらしく、茜もまるで怯《おび》えた様子を見せずに潑剌《はつらつ》としていた。

「お父さま、お母さま、こちらは警視庁、刑事部の鬼頭《きとう》刑事よ」

紹介されたのは、しなやかで朴訥《ぼくとつ》とした生真面目《きまじめ》そうな男だった。どちらかというと美丈夫の類に入るだろう。

健康的な顔色に、固そうな黒髪。何気なく開かれた手の平の皮は厚く、マメの痕《あと》が痛々しい。おそらく剣道をやるのだろう。もう一人の貧相な男は記録係のようで、手帳を広げていた。

そして、僕は茜が関わったという奇天烈《きてれつ》な事件の話を聞かされた。

確かに茜のような目立つ少女はそんな犯罪にはうってつけの標的だ。

「我々は、疎水先生……」

「本名で呼んでください」

「……では、名次郎さん。あなたが通っているという複数のカフェーを訪ね、該当する女給がいないか徹底的に調べ上げました」

鬼頭刑事は一枚の写真をテーブルへ置いた。カメラ目掛けた鉄砲のよな笑み。その笑顔が相手に及ぼす効果を熟知したイットの微笑。

イットとは、元は映画ファンの間で言われた「性的魅力のある」という意味の、女優への褒め言葉だ。

「銀座の『モンマルトル』というカフェーの、昌子《まさこ》という女給です。ご存知ですね？」

「……あぁ、彼女ですか」

「彼女は歳を誤魔化して働いていた女学生で、十五歳ということです。彼女の余罪はなんと五十近くにものぼり、宝飾品の万引きや美人局《つつもたせ》の常習犯だそうで、先日話題になった、田端の煙草大量万引きも、彼女が仲間と協力して行ったことだったのです。観念した彼女が言うには、以前、あなたから娘さんの外見や、毎週決まったふうに買い物をするという話を聞いたのを覚えていて、たまたま上野へ行った際に茜さんを見つけ、名次郎さんの娘さんだと確信し、今回のことを思いついたそうです」

「……そうですか」

　刑事は静かにこちらを見つめた。しかし、これ以上言うことは見つからなかった。彼女を哀れむことも、怒ることもしたいとは思えぬからだ。

　僕が謝るいわれもない。

　そこで妻が、羊羹《ようかん》に包丁を入れるみたいに、つるりと沈黙を切った。

「お話はわかりました。このたびはうちの娘を助けてくださり、本当にありがとうございます」

　品子さんが言うと、茜が口を挟む。

「わたしからも、ありがとうございました。このままその少女を放っておいたら、遠くない日にわたしが誤認逮捕されてしまうかもしれなかったのですから。潮さんと環さんとだけでは、何軒ものカフェーまで調べに行くことは出来ませんでしたわ」

「……うむ」

鬼頭刑事は、むっすりとした顔で、娘を見下ろした。

「……君たちの情報提供のお陰でいち早く解決できたことは事実だ。しかし、女学生が大人に頼らずに自分たちだけで事件を追うとはけしからん」

「ご、ごめんなさい」

「特にあの眼鏡の少女、突然私に襲い掛かるとは何事だ……！」

鬼頭刑事は固く拳を握る。

「でも、あれは潮さんが、あなたを刑事だと見抜いたからなんです。お強いだろうから環さんが全力で襲っても怪我《けが》なんかなさらないし、逆に環さんを傷つけることもあり得ない、って」

「次第によっては手首くらいひねり上げたかもしれぬ」

「でもなさらなかったじゃありませんか」

鬼頭刑事は面食らったように唇を引き結んだ。

「環さん、無傷で戻ってきたわ」

娘は花のほころぶような笑顔を刑事に向けた。

「……それに、結局フルーツポンチもご馳走《ちそう》して頂いたし」

男は厚みのある手で額を覆《おお》いつくして、大きな溜息《ためいき》をついた。その様子に茜はおろおろと何か言おうとする。

「こら茜、よそさまにご馳走になったら教えなさいと言ったでしょう。刑事さん、ごめんなさいね、お支払いしますわ」

「いいえ、結構です」

「だ、だってお母さまぁ。違うのよ。賭けをしたのよ」

「賭けですって？」

「あぁ違うんです、奥さん！」

気色ばんだ品子さんに、鬼頭刑事が強く首を振った。

茜が説明するところによると、あの環という少女が、鬼頭刑事とチャンバラ対決をしたあとに彼を説得し、聞き込みに協力するという約束で集合場所のソーダー・ファウンテンへ一緒に向かった。

道中、環は「潮という少女は必ず事件解決に貢献する」と宣言し、鬼頭刑事が一笑にふしたため、環は「一円賭ける」と言いだしたのだ。

「……そして、四人でお話したあとに、鬼頭刑事から環さんに一円渡って、環さんから潮さんにその前の別の賭けの一円が渡って、潮さんがそのお金でみんなのぶん出してくれたのよ」

　茜はバツが悪そうに説明した。

「……お母さまは呆《あき》れましたよ。お前たちはしょっちゅうそんな賭けをしているの？」

「してないわ！」

「今後一切禁止よ」

「はい！　わかってます！」

　ぎゅっと目をつむって娘は答えた。

　本当に好い子に育ったものだ。うっとりとするようだった。

　それから、警察の二人は帰って行った。去り際《ぎわ》、鬼頭刑事は見送る品子さんに電話番号を書いた紙切れを差し出した。

「もし、また何か事件が起きましたら、自分を呼んでください。こちらは警察の電話で、その下のが下宿のです」

「まぁ、ご丁寧に」

　品子さんが受け取ると、鬼頭刑事は茜に視線を向けた。

「……茜さんも、その、なんだ、女学生は何かと狙われやすいから、困ったときは遠慮なく呼ぶと好い。些細《ささい》なことでも」

「ご迷惑じゃありません？」

「好いから、お気をつけなさい。それから、いつも立ち読みばかりするのは……」

「なっ、何故《なぜ》、そんなこと知って……」

容疑者として尾行していたからだろう。

なるほど、ずっと見つめているうちにいつの間にか、というわけか。

彼は茜以上に慌《あわ》てふためき、むんむんと首をふった。

「いや、その！　自分と、似ている、と……」

「はい？」

刑事は赤面して言いなおした。

「自分も、よく、立ち読みをします……」

「…………はぁ」

ははぁん、と僕は妻と娘の後ろでにっかり笑って見せた。

鬼頭刑事はそれに気が付くと、せわしなくこめかみを掻《か》いたりして、やがて踵《きびす》を返した。

「刑事、ありがとうございました！」

茜が満面の笑顔で手を振る。彼は振り返らずにぴっと片手を上げた。

僕たち家族は、そろって肩の力を抜き、家へ入った。

「わたし、これからおつかいは校服で行くことにするわ」

「それが好い。女学生はそれが一番だ」

彼女は酷《ひど》く健《すこ》やかで、たまに、本当に自分と品子さんの血が流れているのかと不思議に思ってしまうことがある。しかし茜の相貌は紛れもなく僕たち二人の特徴を継いでいた。

「あなた、今何を考えていらっしゃるの？」

心臓を真後ろから摑まれたかのようだった。

「え？　どうしたい、急に」

「だって、おかしな顔をしていたんだもの」

「お父さまのことだもの。どうせ『逮捕されなくてよかったなぁ』とか、そんなことだわ」

「そんなことを言っては可哀想《かわいそう》よ。名次郎さん、ばつが悪いのでしょう。あなたに悪かったと思っているのよ」

品子さんが「ねぇ」と見えない圧をかけてきた。

まるきり藪《やぶ》から棒だったが、そう言われては頷《うなず》くしかない。

「もう好いのよ。お父さまはこんなことになるなんて思っていなかったんでしょうし」

「……うん、すまなかったね、茜」

かくして僕は、詫《わ》びる機会すらお膳立《ぜんだ》てして貰《もら》って、だらしない笑みを浮かべる。

「ところで、お母さま。あの女給さんのお写真、見たわよね？」

「えぇ、お父さま贔屓の……こほん、此度《こたび》の真犯人」

こういう嫌味を聞くと嬉《うれ》しくなってしまう。

「……わたしに似ていて？」

「どうかしら」

「似てないって言ってちょうだい。だって、だってそのぉ、あの人……」

うん？　と品子さんが首を傾《かし》げる。

「ふ、不美人だったと思わなくって⁉」

品子さんは、むくれる娘の顔を見て大笑いした。

「わたし、あんな眠そうな眼をしてるかしら？　髪だって私のほうが多い……、なのに間違われるだなんて」

「おやおや失礼な子だこと。慢心は美の最大の敵よ」

茜の怒りはもっともだ。僕の浮気相手に美人は多くない。共通しているのは、みな本を読まないということだった。

品子さんは階段を上がって消えていった。

僕はそれを追いかけることにした。寝室の前、深呼吸しノックを二つ。

「どうぞ」

彼女はベッドに腰掛けてパイプを燻《くゆ》らせていた。

「隣、好いかい？」

「ええ」

指一本分だけ、間を空けて腰を下ろす。

「怒っているかい？」

「どうして？」

「僕がふがいないからさ」

「ふがいないのはわたしのほうよ」

ふうっと紫煙が吐き出された。

「毎日毎日、雑文を書き散らして、書けば書くほど恥の上塗り……」

「どこがだ……」

「あなたには、本当は読まれたくないのよ。あんな、売れただけの小説たち。わたしの書くものはお金しか生み出さない。みんな偽物《にせもの》。だけどあなたの詩は違う」

「品子さんはいつもそうやって、僕を買いかぶるんだ」

「ごめんなさい。無理な期待が、ますますあなたの筆を鈍らせているのだって、わかっているのに……ファン失格ね」

僕を笑わせようと、彼女はふざけてみせた。

品子さんを疑っているわけではないのだ。

けれど彼女がいつか目を覚まして、僕がどんなにくだらない人間かを見破って、離れていってしまう日が来るに違いないと思っている。

「君のほうが、よほど才があるよ……」

ここだけの話。

もしも品子さんが不倫をしたら、僕は彼女を殺して自分も死ぬと決めている。

そのためのピストルが金庫に置いてある。

彼女はぎゅっと目を閉じて深く紫煙をふかした。仮眠をしたいのかもしれない。抱きつきたいのを我慢して、一階へと戻った。

少し開いた居間のドアから中を覗《のぞ》くと、むっとした顔のままソファに座っていた娘が僕に気付いた。

「おいおい元気を出したまえ、茜は美人だよ。品子さんに好く似ているじゃあないか」

茜は背凭《せもた》れにぐったりと寄りかかり、クッションを抱き締めている。

「それに、美人過ぎても好いことがないぞ」

「どうして？」

「美人は波乱万丈な人生を送るものだからね。外見だけじゃない、非凡な者は、運命が放っておかないのだ」

「まぁ詩的ね。でも平凡すぎる人生なんてつまらないじゃない……」

「お父さまは、茜には平凡な幸せを摑んで欲しいよ」

己が才に悩んだり、誰かの浮気相手になるような女性には、出来ればなって欲しくない。

「……やっぱりいやだわぁ。女性は誰だって綺麗になりたいものよ」

頰を膨らませた娘は唐突に拳固《げんこ》を振り上げた。

「……ちぇほふ！」

そしてぽふんとクッションを殴る。

「…………チェホフがどうしたい？」

「お父さま知らないの？　九州の掛け声よ」

顔を上げた娘はもう笑っていた。

噴き出しそうな口元に手を当てて隣に掛ける。

清廉《せいれん》。

晴天を思わせるこの笑顔を、僕は尊いと思う。

第三話

満月を撃ち落とした男・前

ぼーう
ぼーう
ぼーおぉぉ…………

つぎからつぎへとマッくろい空へのびあがっていった。

みなわのようにサイゲンなくわいて白いまんまるがうめつくしていった。

のがれられないカクシンがむねをつきやぶりシンゾウをみたす血がザッとあしもとへおちた。おそろしいおそろしい満月たちがズジョウでおどる。

ピストルでズドンとうつと満月はもりへ落下した。死のおどりのわがみだれ満月たちはよかぜにわらった。あざわらうこえがふってきてひとつくらいへでもないといまにも●●（※判読不能）せんとしている。

あれはアクマの満月だ。わたしがまちがっていたのだ。月はどんどん増えてうみをこえていく。

さきの7ガツなかば満月がきえたのはわたしのシワザなのだ。

これは告白である。

このとおりしょうじきにジハクするからどうかたすけてほしい。

寝台のなかでバタバタもがいたところではだに帯革がくいこむばかりだ。ピストルもとりあげられてしまった。コウシのすきまからよぞらへゆびをのばす。みおろす地上はどこまでもはか、はか、はか。クツウにたえかねこころからみなみへ出奔したあるものはスイシャのある川でデキシしたという。

あらたな月はコウコウとありいまはやせているがふたたびみちてふたたびわたしのいのちをねらうだろう。

この命などいつついえてもよいけれど、一目でよいからあの人のうつくしい姿を拝んでからにしたかった。

なぜなぜわいてでる。

あの月はさっきわたしがうちおとしたはずなのに。

特別掲載「満月を撃ち落とした男」　満月《まんげつ》畏人《いじん》（仮名）

編集部へ送られてきた奇々怪々なる一編。投稿を受けつけておらぬにもかかわらず、原稿が送られてくることはままあった。送り返すが常であるが、今回は編集長判断により特別掲載と決まった。

差出人の名が記載されていなかったため、編集部では作者を「満月畏人」と名づけることとした。

彗星《すいせい》のごとく現れた鬼才！　満月畏人！

あなたは目くるめく幻想悪夢の世界を目撃するであろう……！　編集者・K

※小誌ではこの快作の作者を探しております。これを見たら奥付の住所か電話へご一報ください。掲載分の原稿料をお支払いいたします。

「ふぅん……」

潮さんが示したページを読み終え、頬杖《ほおづえ》の上で小首を傾《かし》げた。

「ふぅん、だと。それだけか？　君の感想は」

「え？　そうねぇ。おかしなお話ね。月を撃ち落とすなんて出来るわけがないわ」

「そこがこの小説の面白いところだろうが……！」

潮さんは机の上に開いた「小説壁兎《へきと》」の十月号を両手で押さえて、悔しそうな顔をした。薄っぺらく紙質も悪い雑誌だった。

「だいたい『へきと』ってなぁに？　変なの」

「ポオの『黒猫』から着想を得ているのだよ。あの本では壁の中に閉じ込められた黒猫が鳴いて事件が明らかになるだろう？　この小説誌はああいった西洋の優れた犯罪、幻想、怪奇小説を日本の作家に書かせたいという思いで創刊されたのだ。うさぎのほうが日本的だというわけだね。白うさぎは神話にも神の遣いとして出てくる。いなばの白兎《しろうさぎ》だ」

「うさぎは鳴かないのに」

「揚げ足を取るんじゃない」

「それに聞いたことなくってよ、そんな名前の雑誌……」

母の仕事柄、最新の本や雑誌には詳しいほうだけれど……。

出版社の名前まで「壁兎出版」である。おそらくこの雑誌しか作っていないのだろう。

潮さんはこのへんてこな小説誌を毎月買っているのだという。

彼女が今座っている席はわたしの真後ろ、加寿子さんの机だった。

今日はお姉さまと会う用事があるからと言って、彼女はいなくなってしまった。一人でお昼を食べるのはさみしいなと思っていると、なぜか、潮さんとばっちり目が合ってしまって、彼女はさっと顔を背けたけれど、手招きすると苦い顔で来てくれた。

初めて見た彼女の昼食は日の丸弁当だった。すみに昆布の佃煮《つくだに》が申しわけ程度に入っている。毎日こうだったのかと密《ひそ》かに心配したのだが、彼女はわたしの心中などまるで気づく気配もなく呟《つぶや》いた。

「これは本当に創作なのだろうか？」

「どういうこと？」

「気にかかる描写がいくつもあるんだ。たとえば、『どこまでもはか、はか、はか』そして、その南にあるという『スイシャのある川』……東京市内の話のようだが」

彼女は得意げに人差し指を立てた。

「青山墓地と渋谷川に似ていると思わないかい？」

「そう言われてみれば、あの辺りは水車がいくつもあるって聞いたことがあるわ。じゃあその付近をモデルにしたのね。きっと」

「作者は『7ガツなかば満月がきえたのはわたしのシワザ』と『告白』している。その頃そんな椿事《ちんじ》があっただろうか？」

「さぁ、覚えていないけれど……」

「もしも天体に異常があれば、騒がれているか」

潮さんはなおも疑り深そうな顔で、ある一行を指差した。

「それから、ここを見ろ……。『わたし』は看護婦に付き添われて外で運動する。男子病棟を出てくるようだから、まず男性で間違いないだろう。そして屋外から、自分が出てきた巨大な建物の時計を振り返る。青山墓地の辺りには確かに、時計塔のある巨大な洋風建築があるんだ。西洋のお城のような、尖塔《せんとう》の聳《そび》える立派な建物だ」

「へぇ、素敵！　華族さまのお屋敷とか？」

「いや、テンキョ……」

そこで、素《す》っ頓狂《とんきょう》な声が割り込んでくる。

「ねぇねぇお二人さん。聞いてちょうだいな。この前の事件のこと、まーた丸川電機に電話が掛かってきてよ」

腰に手を当てた環さんが立っていた。

「今さらだな。暇なやつらがいたものだ。『お手柄女学生、万引き不良少女告発』……とっくに落ち着いたものと思っていたが、まだ覚えられているとは」

「好《い》いかげん辟易《へきえき》よ、もう詳細は忘れてしまったし」

「よく忘れられるわね、あんなこと」

「あたしは解決した謎《なぞ》には興味が消失するのよ」

初夏。少女探偵団は一人の不良少女の罪を暴《あば》いた。

一件落着したものの、どこから嗅《か》ぎつけたのか新聞にそのことが載ってしまったのである。

聖桐《せいとう》高女の女学生大活躍。犯人特定の一助となる――

誇張気味に面白おかしく書かれたそれは、犯人のやり口がやり口だったせいか、危うく冤罪《えんざい》の危機にあったわたしばかりが注目され、まるでわたしが名探偵かのような持ち上げられようだったのだ（まぁ遠からずだけれど、二人の協力あってのことなのだから、自分一人の手柄にしてしまうようなのは面はゆい）。

それからというもの、近所の人に声を掛けられたり、知らない人が家に電話を掛けて来たりということが随分とあった。環さんのほうはお家《うち》が会社だから余計に大変だろう。

「新聞ってどこからそういう事実を摑《つか》むのかしら？」

環さんは立ったまま購買で買ったハムパンを齧《かじ》りながら、わたしの厚焼き玉子を見つめている。気づかないふりをして一口で食べた。

「おかげで必要な電話に差し支えているんだから。経営担当のお母さまがおかんむりよ」

「やれ迷惑な話だな。僕も母の劇場仲間にさんざからかわれたぞ」

二人がうんざりした顔をするのを見て、一寸《ちょっと》面白くなってしまう。

「でも迷惑ばかりじゃないわ。やっぱり好いことをしたわけだし……みんな気になるのよ。わたし、そのとき話を聞きに来た人の中で今でも仲良くしている人もあるもの。潮さんのような探偵小説好きの人なの」

「僕のような？」

「事件のこと、根掘り葉掘り聞きたがるの。いつも商店街で見つけられて、何度も話すうちに仲良くなってね。家までお喋《しゃべ》りしながら買い物の重い荷物を持ってくれたりして。とっても親切な紳士然とした方よ」

「……男か？　どんなやつだ」

「灰田《はいだ》さんっていうの。あ、雰囲気も潮さんに似ているわ。真《ま》っ直《す》ぐな、男の人にしては長い髪で、すらっとした手足の長い色白な人で、女形のようなハンサムなの。学校帰りにもしょっちゅう通学路で会うのよ」

「知っているのはそれだけか？」

「え？　そうねぇ、あとは……お歳《とし》は二十歳くらいかしらね？　いつも洋装なの。とても似合っていて、素敵なのよ」

彼女は箸《はし》をぎゅうと握り締める。

「あれだけのことがあったっていうのに、まだ警戒心というものを身につけられないのか君は……」

「な、なぁに急に？　わたしだって馬鹿《ばか》じゃないわ。でも灰田さんは気さくで好い人よ」

「そりゃあスケコマシは乙女に優しいものさ」

潮さんの言葉に、環さんがきゃらきゃら笑った。

すけこまし！（……って？　なんとなく悪口なのはわかる。昔、お父さまを訪ねてきた見知らぬ女の人がそう泣き喚《わめ》いていた）

そう言われては返す言葉がない。確かに、どこの誰とも知れぬ男性としょっちゅう会うなんて軽率と思われても仕方のないこと。

そこで、お昼休みの終わる予鈴が鳴り、賑《にぎ》わっていた教室ではあちこちで席を立つ音が響いた。潮さんも無言で席をあとにする。

（もう、猜疑《さいぎ》心の塊なのだから……）

「環」と潮さんが自分の席で手招きした。まだ食べながらひょいひょいと近寄った環さんに、潮さんはなにやら耳打ちした。

「今日は先約があるから無理よぉ。ごめんあそばせ」

しいっと人差し指を立てて、潮さんは声を落とすように示した。

――一大事だぞ、なんとか都合をつけられないのか。あたしも大事な約束なのよ、すっぽかせないわ。お前みたいな暇人にそんな約束事があるもんか。あーら偏見だわ、それ……

こそこそとそんなやりとりが聞こえる。

ちょうど席に帰ってきた加寿子さんが、思案顔で潮さんを見つめるわたしを見て、くすっと笑った。


小さく手を上げると、彼はすぐに気づいて側《そば》へやってきてくれた。

「灰田さん！　奇遇ね。今日も素敵なお召し物だからすぐにわかったわ」

歳は二十歳そこそこ。百貨店の紳士服部にでもいそうな隙《すき》のない装《よそお》いが、わたしの興味を引いて距離が縮まったのだ。

爪《つめ》の中に汚れ一つなく、指先の柔く綺麗《きれい》なことから見ても、きっと何か、優雅なお仕事をされているに違いない。

「いいえいいえ、大したことはございません。必要で着ているだけでございますよ」

お仕事だから、かしら？　ひょっとしたら本当にテーラーかもしれない。だってこんなにハンサムだし。ああいうところの店員は男前のほうが売り上げが好《よ》くなる。紳士服は着る人よりもその奥さんがお店を選ぶことが多いからだ（男の人は無頓着だから、妻のセンスが問われるのだ！）。

「茜さんは、今お帰りですか？」

「ええ。今日もおつかいして帰るのよ。校服のまんまね。あの事件に懲《こ》りたんだもの……」

「それは殊勝なことでございますねぇ」

彼はにっこりと笑う。

「お家の家事を一手に引き受けて……本当に感心いたします。こんなに働き者で心優しいあなたのような乙女が、あんな勇敢なことをなさるなんて」

真っ直ぐに褒められるとやはり気分が好い。

「未《いま》だに信じられませんよ。茜さんのような少女が……」

と、じっと見つめてくる彼のまなざしとわたしの顔の間に、ひゅん、と白いくちなしの手が割り込んだ。

「ほう、信じられないから、茜の周りを嗅ぎ回っている、というわけか？」

蠅《はえ》を払うよな手振りをしながらの口調は、さながら偏屈を凝縮したものだった。

「う、潮さん？　どうしてここに」

彼女は答えず、腕を組み肩幅に足を開いて男を見上げる。

「――あなたは、一体誰の差し金だ？」

差し金？

彼は微笑を崩さぬままだった。

「おや、おっしゃる意味がわかりかねますが？」

「簡単な観察さ。あなたは茜に個人的な興味があるわけではなさそうだ。声の上ずりも発汗も見られないし、近くも遠くもない自然な間合いの取り方からも、別段緊張していないことがわかる」

「個人的な興味って……！」

「下心と言い換えようか」

「失礼よ潮さん！」

「だったら、なぜこの男は君に付きまとうのだ。好いかい、真っ当な大人の男は下心抜きで女学生とお友達をやったりしないのだよ」

灰田さんはまったくうろたえる様子もなく、爽《さわ》やかな微笑のまま潮さんを見下ろしていた。

「そんなことないわ。男女の仲は色恋ばかりじゃなくってよ。ほら、この間の鬼頭刑事だって、よくお手紙をくれるもの」

「なんだとぉ？」

潮さんは心底驚いたように大声を出した。

まったく潮さんときたら。仲良くなってからわかったことだが、彼女は度胸があるかと思いきや、意外にも男性恐怖の気は普通の少女よりもずっと強いようだった。わたしのお父さまをクサしていたように、基本的に「男の人」というだけで不信感を持っているのである。

「あの不良少女の仲間が報復に来ないとも限らないからって、心配してくれているのよ、近況報告の文通をしているの。わたし、警察がこんなに親切に市民に寄り添ってくれるものだとは思わなかったわ」

「いや、そんなふうには寄り添わないぞ普通。君は律儀《りちぎ》に返事している訳か……」

「そうだ、つい前も箱根から絵葉書が来たのよ。今度お土産をくださるって」

「完全に私信じゃないか！」

目を細めてわたしたちのやりとりを眺めている彼に向き直り、小さく頭を下げた。

「ごめんなさい、潮さんは悪気がある訳じゃあないんです」

「お友達想《おも》いの方なのですね」

穏やかに答える彼。やはり大人の余裕を感じる。

「ね？　いいかげんにわかってちょうだい、潮さん。灰田さんは事件に興味があって……」

「その話は飽きるほど話したんじゃあないのか。ずっと前から話しているのだろう？」

「だから、それがきっかけで仲良くなったお友達だもの。他のお喋りだってしたいだけよ」

「ほーぉ、どんなことをお喋りしたんだ？　君はこいつの何を知っている？」

何って……、と言いかけて言葉に詰まる。

灰田さんの何を……。灰田さんは……

あら？　そういえば下の名前を知らない。

どこに住んでいるのかしら？　なんだかんだでお勤め先も聞きそびれていたし、お国も聞いていない。

潮さんがはんと鼻をならした。

「そういうことだ。友達だ？　笑わせるなよ」

かあっと頬が熱くなる。

潮さんは険しい目つきで振り返り、灰田さんを睨《にら》み上げた。

「これはこれは随分な難癖でございますねぇ」

「茜、こんないけ好かない男が僕に似ているだって？」

潮さんは顎《あご》に手を当てて灰田さんを無遠慮に見た。

「……その靴も腕時計も、ポケットの万年筆も一級品。給金は悪くなさそうだ。靴は異常なほど磨きこまれている。が、踏まれたような跡は一つもない。市電や省線といった混雑する乗り物に乗らないからだ。となると通勤をしない仕事と考えられる。

それに、平日のこんな時間に一人で通学路を待ち伏せしているなんて、相当に自由が利《き》く身分なのだと推察できるな。仮に『それが仕事だから』だと考えてみようか」

灰田さんは楽しそうな顔のまま、なんの反応も見せない。

「他に気になるのが、その立ち居振る舞いだ。染《し》みついた姿勢の好さと身のこなし。ついでに慇懃《いんぎん》無礼《ぶれい》な話し方だよ。大の男がどうして女学生にそんなかしこまった口調で話す必要がある？　気味が悪い」

急に、微動だにしない彼の口元が三日月を貼《は》りつけたかのように不気味なものに見えてきた。

「癖、なのですよ」

たっぷりと間を空けて、彼は答えた。

そしておもむろに腰を曲げ、潮さんと目の高さを合わせる。

「ご学友の知恵を借りて事件を解いた……と伺っておりましたが、どうやら事件を解いたのはあなただったようですね。夏我目潮さま」

わたしのほうを見もせずに、彼はさらに口角を吊《つ》りあげた。一見綺麗に見えた歯列から、鋭利な八重歯の先端が覗《のぞ》いた。

「灰田さん、と言ったな」

潮さんはそこで初めて笑った。

けれどそれは、自嘲《じちょう》（あるいは強がり）の失笑だった。

「カマを掛けただけだと言ったら、怒るかい？」

「おや」

「気になる点は多々あったが、どれも『気のせい』と言える程度のものに過ぎない。例えば……デザイナーやテーラーにしては気質が自由でないし、ホテルのボーイにしてはなんとなく自己主張が過ぎる。個人的な印象に、いや直感に過ぎないが」

「あながち馬鹿に出来ないでしょう。直感と言うとあてずっぽうのように聞こえますが、その実は、経験と知識による一瞬の状況判断ですからね」

灰田さんは、胸に手を当てて目を伏せた。

「わたくしの主《あるじ》も好く、ご自身の行動原理を『勘』とおっしゃいます」

「主……！　やっぱりな、僕はあなたを裕福な個人宅に住み込みで働く、秘書か運転手でないかと思っていたんだ」

当たりだったのか、彼は緩慢な拍手を打ち鳴らした。

「す……、すごいわ潮さん！」

わたしも釣られて胸の前で両手をぱんと叩《たた》く。

「まったく、君は、僕が言わなきゃ一生気付かなかっただろうな」

「同感でございます。どうりで馬鹿だと思いましたよ。こんな能天気で騙《だま》されやすい日《ひ》和見《よりみ》主義の少女が犯罪事件を解決できるわけがないと思っておりました」

うん……？

「はい？」

灰田さんを見上げると、満面の笑みがある。

「ですから『馬鹿』だと申し上げたのです。あなたが、非常に、馬鹿だと。女学校でのくだらぬ噂話《うわさ》や、晩御飯の献立しか悩みのない、頭蓋《ずがい》の中に綿飴《わたあめ》が詰まっているような少女には、ですから、解決できるはずがない。……と」

「は…………」

馬鹿……。

今「馬鹿」って言ったの⁉

「な、な、灰田さん、どうしちゃったの⁉」

見慣れた笑顔はすでにない。影も形も消えうせて、いつのまにか死んだように冷めた双眸《そうぼう》に変わっていた。

「今まで言わないでおいて差し上げたのは、あなたの機嫌を損ねると面倒だからでございますよ。事件を解決したのが夏我目さまだと明らかになった以上、あなたにはおもねる必要がございませぬゆえ。いやはや真実がわかって好かったではありませんか。これを機に自覚を持ってお勉強に励むとよろしいでしょう」

嘘《うそ》。

誰か嘘だと言ってちょうだい。

こんなの灰田さんではない。こんな酷《ひど》いことを言う人なわけが！

足元がふらつく。

「さて、バレたとあっては仕方がありませんね」

「説明してもらおうか、なぜ茜に付きまとい、例の事件を調べていたのか」

二人はわたしの狼狽《ろうばい》など意に介さず対峙《たいじ》していた。

灰田さんは顎を上げて見下す目線で潮さんを突き刺した。

もはや完全に開き直っている。

「説明？　なぜそんな七面倒臭いことをしなければならないのですか。するわけがないじゃあありませんか」

と、灰田さんは長い脚で地面を蹴《け》った。

「――逃げるに決まっておりましょう？」

「待て！」

人ごみの中をすいすいと流れていく黒髪の頭。

「茜、追うぞ！」

「うぅっ、わたしまだ立ち直れないわぁ……！　どうしてあんな酷いこと……、灰田さんが、灰田さんが」

「甘ったれたことを言うな！　見失うぞ」

がっくりとうなだれていたわたしの手を摑み、潮さんは無理やりに走り出したのだった。

彼はあくまでも泥臭さとは無縁であった。

競歩の足取りで華麗に遠ざかっていく。

夕餉《ゆうげ》の買い物をする婦人たちと帰宅する男たちの群れに右往左往しながら、夢中で追いかけた。本郷区のほうへ向かっていく。

同じ道を行きつ戻りつ……。やがて、三十分ほども経《た》った頃だろうか、灰田さんが石積みの荘厳《そうごん》な門を迂回《うかい》して、裏木戸からひょいとある建物に入っていったのが見えた。

「や、やっと尻尾《しっぽ》をつかんだわね！」

息を切らし、門扉《もんぴ》の前でわたしたちはあ然としてしまった。

三階建ての鱗《うろこ》屋根。わたしのお家など霞《かす》むような、本格的な洋風モダンの邸宅だった。

そう、「邸宅」という言葉がまこと相応《ふさわ》しい。整えられた西洋庭園には金木犀《きんもくせい》や銀杏《いちょう》の樹《き》が堂々と立ち、水音に顔を向けると噴水まであった。

主さまとやらは予想以上の金満家らしい。

「この家、まさかとは思うが……。調べるしかないな。さ、こっちだ、あの男の入っていったところ……」

「は、入るの……？　本当に？」

抜き足差し足、芝を踏んで侵入する。と、そこへ軽やかな笑い声が聞こえてきた。

「――さん、変わったわ」

鈴をころがしたような、という比喩《ひゆ》がぴったりの少女の声だ。

「あら、そう？」

返事をした蓮《はす》っ葉《ぱ》な声には、聞き覚えがあった。

「そんなお友達ができたら、もうわたくしがいなくなっても、さみしいなんて思わないのでしょうね」

「おぉ、お拗《す》ね遊ばした」

「まさか」

幅三間はありそうな大きな掃き出し窓から続くテラス。その先の草上に置かれたテーブルと椅子《いす》でお茶をする二人の少女がいた。

一人は藤色《ふじいろ》の和服、そしてもう一人は見間違えようはずもない、聖桐高女のセーラー襟をこちらに向けている。

思わず植え込みの陰から顔を出してしまった。

「環さん⁉」

潮さんが「馬鹿！」とわたしの軀《からだ》を引き寄せるが、遅かった。

「んん⁉」

振り返った丸川環は、眼鏡のふちをちゃっと押し上げた。

「あらまお二人さん……！　どうしてここへ？」

向かいに座った少女もこちらを見ていた。

額を出して後ろに滑らした豊かな髪、後頭部に止まった繻子《しゅす》のリボンの蝶《ちょう》結び。高くてやや肉厚の西洋人のような鼻。そして伏しがちの大きなたれ目。

「潮さん、茜さんの尾行をするんじゃなかったの？　どうして二人があたしを尾行しているのよ？」

「ち、違うのよ。って、二人でわたしをつける気だったの⁉」

「それは、茜の言う男の正体を突き止めようとしてだな……」

潮さんは目をそらして腕を組む。

「それは置いといて、その、あの……わたしたち人を追いかけてここへ……」

言葉に詰まっていると、和服の少女がすっと窓のほうを向いた。

「灰田！」

その軀のどこから出ているのかと思うような、先ほどとは大違いの凜《りん》とした声だった。

邸宅の中から、探していた黒い影が韋駄天《いだてん》の速さで現れる。

「お二人にも椅子を」

「はっ！」

灰田さんは恐ろしく機敏に邸内へ引き返していった。わたしと潮さんはもう何も言えずに立ち尽くす。

「……ですって。お二人さん、まぁまぁお掛けなさいよ」

環さんは勝手知ったる人の庭、ティーカップを持ったまま手招きしてきた。


「こちらが例の少女探偵団の仲間よ、紫《ゆかり》さん」

環さんが紹介すると、和服の少女——紫さんは眉《まゆ》ひとつ動かさずに潤《うる》んだ唇を細く開いた。

「見留院子爵《みとめいんししゃく》家長女、紫と申します」

「へ……」

彼女の隣に座っていたわたしは言葉を失った。

「し、子爵さま!?」

「どうして華族令嬢とお茶なんか飲んでるんだ、お前は」

「まぁ旧知なのよ。彼女はときおりあたしの頭脳を必要として相談をしたがるから」

「もしかして、『御相手さん』というやつか？」

聞いたことがある。華族令嬢の交友関係は厳格に制限されていて、近所の子は当然、学校で親しい者でも親が許さなければ学外で遊んだり家に招いたりすることが出来ないと。しかしそれだとあまりにさみしいから、信用の置ける親の知人や使用人の娘などを遊び相手として令嬢の元に通わせるのだという。

「環さんだって一応社長令嬢だものね。その繫《つな》がりで選ばれて？」

「そんなんじゃあなくってよ！　まぁ、あたしの家が大きくなったこともあって、今では一応親公認だわよ？　でも出会いは本当に偶然、むかーしむかし小さいころに浅草で仲良くなったのよ。奇縁なのだわ」

環さんは含みのある様子で肩をすくめる。

「でも本当に本当に驚いたわよ……！　わたしたちったらとんだご無礼をして」

「あたしに免じて許してくれるわよぉ」

けらけらと笑う環さん。紫さんはさっきからずっと無言を貫いていた。

――怒っているのかしら？　本当に仲が好いの？　環さんがずうずうしいだけなのじゃないかしら……！

どきどきしながら横目で窺《うかが》う。

整った顔立ちと不釣合いな、冷水の表情だ。流行《はや》りの柄ではないけれど、手の込んだ染めの絹を纏《まと》っていた。少女らしい帯の高さが、彼女に限ってはそのまま気位の高さを示しているかのようだった。

子爵のお嬢さま！　世が世ならお姫さまたるその御身！

憧《あこが》れと畏《おそ》れとで胸が高鳴る。さきほど女子学習院へ通う同い年だと聞いたけれど、そうとは思えないほど大人びて気品のある人に感じられた。

「で、あなたたちは灰田さんを追いかけてここへ来たそうね？　昼間、茜さんが言った『ハイダさん』が彼のことだとは思わなかったわ。だって……」

彼女は眼鏡の奥の円《つぶ》らな目をくしゃりと細めた。

「優しくて気さくでハンサムな紳士だなんて言うんだもの！　まさかあの人だと思うはずがないわ」

その様子だと環さんはすでに彼の本性を知っていたらしい。そこで、紅茶を淹《い》れなおしてきた灰田さんがテーブルの傍らに立った。

「申し遅れました。わたくしは見留院子爵家が家扶《かふ》、灰田と申します」

「家扶……。そうか、なるほどな」

潮さんは得心顔で微笑《ほほえ》んだ。

家扶、とは皇族や華族の家の会計や事務を管理する「家令」という者の補佐役にあたる。

家令には、使用人の中でも地位が高く、家人からの信用が厚い経験豊かな者でなければなれない。灰田さんもゆくゆくは家令になる身なのだろう。

「ねぇ紫さん。あなた、興味のないふりをしながら灰田さんを使ってあたしの仲間に接触していたのね。そんな遠回りなことをせずとも気になるなら訊《き》いてくれればいいじゃない。水臭い」

紫さんは穏やかな薄笑いのまま、ゆっくりと首を横に振った。

「まぁ……わたくしは何も」

すると、灰田さんが深く頭《こうべ》を垂れた。

「丸川さま。すべてはこの灰田の勝手でございます。紫さまのまったくあずかり知らぬところでございますゆえ。どうかご容赦くださいませ」

「うちの家扶が失礼をしたわ。ごめん遊ばせ」

「あなたたち、いつもその茶番」

溜息《ためいき》交じりに呟いた環さんに、紫さんはやはり鷹揚《おうよう》に微笑んだままだ。

「まぁ好いわ。せっかくこうして二人を紹介出来たのだもの。女学生らしくお喋りでもしましょうよ」

引っ掛かるところはあったけれど、環さんの気楽さに感化されてだんだんと肩の力が抜けてきた。それに走り回ったせいか小腹が空《す》いていた。テーブルには見ているだけでうきうきするようなビスケットや焼き菓子が並んでいる。

「賛成よ。環さんのお友達ならきっと気が合うわ。それに華族の女の子と会うのなんて初めてで、とっても気になるもの」

紫さんは見れば見るほど美しい人だし、環さんと旧知だというのなら是非とも仲良くしたい。

きっと人見知りなのだろう。深窓の令嬢とはそういうものだ。環さんと二人のときは鈴を転がしたように無邪気に笑っていたではないか。

こちらの視線に気付き、一瞬疑問符を浮かべて動いた黒目。その奥の瞳《ひとみ》が、優しさに満ち溢《あふ》れているのが好くわかった。

「わかっていてよ……！」

「……？」

何も言わなくて好いわ。あぁ、わたしたちはもうお友達。

そんな心を込めて頷《うなず》いた。

「茜さん……聞いていた通りのお方ね」

「あら！　環さんはわたしをなんて？」

紫さんはふっと微笑の鼻息を漏らし、灰田さんに流し目をした。彼は無言で紫さんのカップに茶を注ぎ足した。

それからは時間を忘れてお喋りに夢中になった。

話しているのは主に環さんとわたしだったけれど、潮さんはいつものように時々鋭い合いの手を入れて来たし、紫さんは楽しそうに聞いていてくれた。

華族に関する話、とくに醜聞は新聞でよく取《と》り沙汰《ざた》される。

不況の世になってからは税金で暮らす彼らに批判的な論調も多かった。

お話をしているうちに、見留院家は公家《くげ》華族なのだということがわかった。環さんが（ずけずけと）説明してくれたところによると、見留院子爵家は、家格の低い低ーい公家の末裔《まつえい》で、東京奠都《てんと》の際に京都から移って来たのだという（十分すごい）。

華族は大きく、公家、旧大名家、そして新華族に分けられる。前から二つはその名の通りの由来で、最後の新華族というのは明治維新の前後に特別な勲功を上げた政治家や資本家や軍人が叙された。

昔お母さまが「公家華族は経済的に困窮していることが多い」と話していたのを思い出した。はるか昔から世俗と離れて優雅に暮らしてきた彼らには、そうやって生きてきたことへの矜持《きょうじ》があるという。労働は恥ずべきことだという、根深い意識。

反面、元々財産も多くて質実剛健な武家の人間と、資本家が主で、お金のやりくりや時流に乗ることの得意な新華族は、昭和恐慌《きょうこう》を上手《うま》く乗り越えた。

多くの華族が資産を預けていた十五銀行が四年前に破綻《はたん》したことは記憶に新しい。わたしはまだ初等部だったけれど、世間が大変な騒ぎようだったことは覚えている。

というのも、その事件で財産を失った華族のほとんどが公家華族だったからだ。

武家華族たちは旧家臣たちの情報網によって事前に倒産の予兆を捉《とら》え、財産を他所《よそ》へ移していたから悲劇を免れた。お金と情報に関して、新華族はいわずもがなだ。

唯一《ゆいいつ》、何も知らなかった公家華族たちだけが、突然財産を失い途方にくれたという。

(でも、こんなに立派な真新しいお屋敷……)

何事にも例外はあるものらしい。

「……で、その雑誌がこれ？」

話は潮さんが学校で語ったあの読みきり小説の話に移っていた。テーブルの上に開いたページのあちこちに指を差し、彼女は熱弁している。

「この描写から察するに舞台は赤坂区にある癲狂院《てんきょういん》ではないかと思うんだ」

環さんは「テンキョウイン！」と大袈裟《おおげさ》に両手で頰を押さえた。

「潮さんたら昔かたぎだわねぇ。今は脳病院とか、精神病院というのよ」

「もう、また恐ろしい話をして！」

ようやく潮さんの興奮ぶりの理由がわかった。学校で言いかけたのはこのことだったのか。ただ小説の舞台のモデルを見つけただけでは、ここまで興味を持ちはしないだろう。

あの文章の、頭が痛くなるような奇怪さは、よもや……。

「赤坂の脳病院ですと……？」

傍らに控えていた灰田さんが、紫さんの側にやって来る。彼女が雑誌を持ち上げて差し出すと、彼は跪《ひざまず》いてそれに手を添え黙読した。

「なるほど………驚きましたね。そっくりなんてものではありません。これはあの病院そのままの風景でしょう」

その時、彼女は初めて微笑を崩したのだった。

紫さんは短く息を吸い込んで、誌面を見つめていた。

「時計塔の描写が、安元《やすもと》脳病院にそっくりでございます」

なんだか紫さんから目が離せなかった。

もしかしたらこれが、彼女のとても驚いたときの反応なのかもしれない。

「安元脳病院、か……。詳しいのかい？」

潮さんは紫さんへ顔を向ける。

「詳しいというほどではありませんが、ご縁がございます」

答えたのは灰田さんだった。

「……縁というと？」

灰田さんが紫さんへ目配《めくば》せすると、彼女はやはり無言で見つめ返した。その表情は読めない。

潮さんはそんなやりとりにまだるっこしさを感じているみたいだった。だが灰田さんはしかと彼女の意思を汲《く》んだようで、淡々と説明しだす。

「以前、紫さまには安元脳病院のご子息との縁談が持ち上がっていたのでございます」

「まぁ縁談。お医者さまと？」

十四で縁談とは、やはり良家の子女は違う。

「いいえ、陸軍科学研究所の研究員をしていたご次男と――名は安元庸二《ようじ》さまと仰《おっしゃ》います。しかし話がまとまりかけた矢先、先方はろくな理由も話さずに、縁談を白紙にすると言い出したのです」

環さんがあぁと手を打った。

「思い出した、前に聞いたわねそれ、紫さんが不満を抱いていた因縁の相手じゃない」

「ははは、因縁だなどと……。丸川さまは本当にご冗談がお上手ですね。紫さまにおかれましてはたかが男爵家の、それも軍人などまるで眼中にございませんよ。もとより願い下げに決まっておりましょう」

「そうではないわ」

紫さんが静かに言ったのと、環さんが補足しだしたのはほとんど同時だった。

「安元家はね、先代が医学的な大発見をしたというので、男爵に叙された新華族なのよ。赤坂に一族経営の脳病院を持っていて、あのあたりの土地も沢山貸しているやり手らしいわ」

灰田さんは両手を広げて、肩を竦《すく》めた。

「まったくなんという無礼だったでしょう。紫さまに不足などあるはずがないというのにまさかご縁談を蹴る人間がいるとは。さりとて卑《いや》しい家へ行かずに済んだのですから、不満はございませぬが……」

灰田さんは意外と紫さんの話を聞いていないようである。

「確かに、急に断るなんて少し失礼なお話だけれど、きっと向こうにも事情があったのでしょう？　紫さんはこんなにお綺麗だし」

「ところが、先方は庸二さまの代わりに医学生をしているご長男の庸一《よういち》さまと結婚しないかと持ちかけてきたのです。まぁ軍人よりかはマシですがね」

環さんは茶菓子をもりもりと食べ、お茶をずずっと啜《すす》った。

「ねぇ紫さん、確かその話は今も生きているんでしょう？」

潮さんは膝《ひざ》の上の手を組み替えながら話に入った。

「なんだ、見合いをしたところ兄のほうが紫さんを気に入ってしまったから、弟が譲ったというだけの話でないかい？」

「好くある話だわねぇ」

「いいえ、問題はここからでございます」

灰田さんは目を伏せて、恭《うやうや》しく胸に手を当てた。

「ご破算になったのには、どうやら隠された理由があるようなのです。縁談が白紙に戻ってからというもの、庸二さまの行方が知れないのでございます」

ぴくり、と潮さんの鋭角的な前下がりの黒髪が揺れる。

「行方知れずだと？」

「ですが、奇妙なことに世間的には〝いる〟ことになっているのですよ」

「どういうことだ？」

「……わたくしは破談の理由を探るべく、安元家へ遣いに参りました。およそ七回は庸二さまとの面会を申し入れましたが、毎回何かしら理由をつけて断られ、電話口へすら出ていただけないのです」

七回とはすごい根性である。わたしだったら、二度も遠まわしに断られればそれ以上は追及できない。いったい何が灰田さんをそうまで駆り立てるのやら。

「妙だな、遣いの者にすら顔を出さないなんて」

「庸二さまと面識すらない、伝達役に過ぎないわたくしが、よもや顔も見たくないほど嫌われているということはないでしょう。これは何かある、と思ったわたくしは安元邸の張り込みをいたしました。しかし何日続けてもお姿が確認できなかったのです。安元家の人間を装い勤め先である陸軍科学研究所へ電話を掛けても一切取り次いでもらえず……。何かあったことは間違いがございません。しかしおかしなことに、庸二さまの不在は何も異変はないように扱われているのですよ」

環さんがお茶を飲み干して笑った。

「なぁーにそれ？　本人はちゃんと〝いる〟ことになっているの？　普段どおりに家と職場に？」

「左様でございます。ですから世間は誰もこのことに気づいておりません。足を使って執拗《しつよう》に彼を探したわたくしめが初めて異変を察したのです」

ついに自分で「執拗」と認めた。というか完全に開き直っている。

しかし、その話はたしかに奇妙だった。

「だけどそんなのって、変だわ。お家と職場の両方が、その庸二さんという人を隠しているみたいじゃない。そんなことってあり得るのかしら？」

わたしの鋭い指摘に、全員が同意して頷いた。

「普通、一人の人間が姿を消したなら、第一に家族が、次に職場や学校が気づいて露見するものだ。どちらかが原因なら隠そうとするものだが、その両方が結託して不在を隠しているとなると、どう考えてもおかしいね」

「軍の極秘任務についているのじゃあなくって？」

「……いや、それならば軍が主体になる嘘なわけだから……家族にはそれらしい理由を話すんじゃないかい？　嘘の任務や赴任地を教えるはずだ。たとえそれを嘘と見抜いても、軍人の家族なのだから、察して黙っているしかない。そうしたら、灰田さんのような外の人間に庸二さんのことを訊かれた時だって、そのまま説明すると思う……しかし灰田さんの話を訊くと、軍と病院の誤魔化し方は、いまいち連携が取れていない気がするのだよ」

灰田さんは満足げに潮さんを見下ろし「理解が早くて助かります」と深々と頭を下げた。

「あの、警察にお話したほうが好《よ》くはなくって？」

「騒ぎを大きくしたくないという紫さまのご意向がございます」

「でも事件性は十分だわ。きっとただ事ではないもの！　そうだ、鬼頭刑事に相談してみましょう」

「警察へ行くのは得策ではないよ」

潮さんが口を挟んだ。

「相手は陸軍研究所と大病院だぞ？　圧力がかかるに決まっているさ。……紫さん、あなたもそれがわかっているから手をこまねいているんだろう？」

　彼女は何も答えない。

「それにしても……」

　潮さんはカップを傾けたまま、高い煉瓦《れんが》の壁を見上げた。

「あなたのような美しい子爵令嬢が、病院経営なんて〝卑しい金儲《もう》け〟をしている格下の家、それもいつ死ぬかわからぬ軍人の次男のところへなんて話は、いささか珍しいな……」

　潮さんは睨みつけるように紫さんを見据えた。

　そこには多分に、さっきから薄笑いで座っているだけの、傍観者のような態度への再度の問い掛けが込められていた。

「昔からどこの国でも、美姫《びき》は格上の家へ嫁ぐものだ。家柄と財産に恵まれない家は、そうやって逆転できるのがあなたたち、やんごとなき人々の世界だろう？」

「おやおや、随分と下世話な言いようでございますねぇ」

「さっきからあなたは……、僕は紫さんに言っているんだよ」

　ついに彼女ははっきりと怒りを露《あら》わにした。

「やれやれ庶民からのやっかみには慣れておりますが身分待遇だけでなく美貌《びぼう》へまで……」

「おやめ」

声の主は彼女である。灰田さんは「はっ」と頭を垂れて再び膝をついた。

「……申し訳ございません。差し出がましいことを申しました」

異様な雰囲気に戸惑う。

当の見留院紫はしれっとしたまま茶を一口飲んだ。本当に何を考えているのかわからない。

彼は紫さんの真横で深く深く顔を伏せて縮こまったままだ。

（何、かしら……）

紫さんは彼のほうを見もせずに、襟元からすっと出した扇子で男の手をぴしゃりと打った。

「――お立ちなさい、お客さまの前よ」

さっきは人見知りなのかとも思ったけれど、こんな矢のような声を出すなんて。

灰田さんは、彼女を恐れていたのだ。

こんなにふてぶてしい人が徹底的にへりくだっているのにはそれだけの理由があるのだろう。

（やはり紫さんは恐《こわ》い人なのかしら……!?）

あぁ、どうしよう。仲良くなれそうだと思ったのに。

胸がきゅーっと冷えていく。

けれど次の瞬間、わたしはもっと恐ろしいものを目撃してしまった。

「ま、誠に申し訳ございません……!」

俯《うつむ》いた灰田さんの横顔である。

双眸を潤ませ、頬を紅潮させ、だらしなく口元が歪《ゆが》んでいる。そんな顔だった。

恍惚《こうこつ》。

咄嗟《とっさ》に浮かんだ二文字。

(なぜ? これは一体何? なぜ灰田さんは嬉《うれ》しそうなの?)

潮さんの顔も蒼白《そうはく》になっていた。

「灰田、少し外してちょうだい」

紫さんが微笑むと灰田さんは一っ飛びに邸内へ入って行った。

しんとした中、着物が……と、彼女はおもむろに自らの胸に手を当てた。

「着物が家に、合わないと思ったでしょう? わたくしは洋装が嫌いでね。学校も着物で通っているし、本当は家も畳が好いのだけれど……」

何事もなかったかのように話を変えた。口下手なわけでは、ないらしい。

(じゃあどうしてずっと灰田さんに喋《しゃべ》らせていたのかしら……?)

わからない。華族さまってみんなこうなの? わからない。

地面の黄色い葉が風に吹き上げられる。

気を取り直すように、潮さんはえへんと咳払《せきばら》いをした。

「面倒なやつがいなくなったことだ、話を戻してもいいかい」

紫さんはおっとりと元の微笑に戻り、次の言葉を待った。

「満月畏人は、ひょっとしたらその安元脳病院の入院患者ではないかと思う」

恐ろしい光景を想像するのは容易だった。

わたしもその可能性には思い至っていたからだ。

「茜、覚えているかい？　小説に出てきた『帯革』『コウシ』という単語を。僕の見立てでは、彼はベッドに縛りつけられている」

――はだに帯革がくいこむばかりだ……

痛々しい情景が浮かんだ。

――コウシのすきまからよぞらへゆびをのばす……。

これはそう、きっと窓の鉄格子《てつごうし》。

「きっとあれは小説ではなく、彼の日記……いや、手紙だったのだよ」

――さきの7ガツなかば満月がきえたのはわたしのシワザなのだ。

「脳病院を出入りする郵便物は看護婦が中を検《あらた》めていてもおかしくない。重篤《じゅうとく》な患者ならなおのこと」

——これは告白である。

——このとおりしょうじきにジハクするからどうかたすけてほしい。

「彼が何を思って小説誌に投稿したのかはわからない。しかし彼の訴えは怪奇小説として検閲の目をすり抜けた……」

思慮深そうに、潮さんは呟《つぶや》いた。

「満月畏人は、藁《わら》にも縋《すが》る想いでしたためたのかもしれないね。誰か、誰でも好《い》いから知らせたくて……」

「自分が、満月を撃ち落としてしまったことを？」

一体、どんな罪になるというのだろう。

「たすけてほしい」という文中の言葉が悲痛な響きで聞こえてくるようだった。

「安元脳病院で、何かが起きているのは間違いない」

潮さんの言葉に、全員が神妙に頷いた。

ただ一人、環さんを除いて。

「……そんな面白い話があるのなら、昼間のうちに教えてくれたらよかったのに」

環さんは紫さんをついと指差した。

「ねぇ、やっぱりこれは縁だわ。なんという奇縁」

「そうね……わたくしも驚いた」

相変わらず驚いているようには見えない。

「以前、あなたとお話したことがあったわね」

「どうして庸二さんはあなたを気に入らなかったのか、って？　その時は『男女の機微は一元的には片付けられない』と結論付けたけれど、案外そうとも言い切れないかもしれないわね」

「環さんの言い回しはわかりにくいわ」

「つまり、破談には、庸二さんの失踪《しっそう》に起因する別の理由があったのかもしれないということよ」

紫さんは次の言葉を待っている。そのとき環さんが「あっ」と上ずった声を出した。

「あなたもしかして、本当は悔しかったの？　向こうから断られたことが」

「断られたのではないわ。お相手が変わっただけです」

「あらまぁ、どうして気づかなかったのかしら。あなたって自分を敬わない相手は覚えていることとすら皆無だったのに。向こうから断られるのなんて初めてだったから、プライドに瑕《きず》をつけられたのね。だから灰田さんを使って嗅《か》ぎ回ったりして……」

はぁ、と紫さんは長い溜息を吐《つ》いて、わたしと潮さんに話し掛けた。

「心配だわ。学校でもこんなふうに、まとはずれなのかしら？」

「え、えぇと……」

環さんはかまわずに立ち上がって、言った。

「調査しましょうよ」

「調査って？」

「病院へ密偵に行くのよ！　探偵団としては満月畏人の正体を、あたしと紫さんは庸二さんの行方と破談の真相を探りましょう」

「スパイ、か……！」

潮さんは興奮したように顔を上げた。さっきの神妙な顔はどこへやら。

「ふ、二人とも落ち着いて。密偵なんてどうやって……」

「それを今から考えるのよ。紫さんという内通者がいればことは容易に運ぶでしょう」

くすっと紫さんが噴き出した。

「おや、まるで行楽気分ね」

奥ゆかしいように見えて、時折年増《としま》のように堂々と喋る。

「好いでしょう。わたくしも出来ることはさせていただきます。その代わり、必ず解決すると約束してちょうだい」

「好いの紫さん？　もし明るみになったら安元家と亀裂《きれつ》が入るのではなくって？」

彼女は「それがどうしたの？」とでも言いたそうにつんと澄ましていた。

大人しいけれど、堅物というわけではないようだ。

「ねぇみんな、本当にやるつもりなの？　スパイだなんて、バレたら大変なことになるわ……」

わたしが反対すると、環さんがこともなげに言った。

「じゃ、今回は茜さん不参加ということで」

「え!?」

「そうだな、確かに危険だろう。環はともかく茜と紫さんは止《よ》したほうが……」

「わたくしは行きます、絶対に」

「あなたは庶民ではないんだぞ、何かあったとき守りきれないかもしれない」

守る、という言葉が当然のように出てきたことが心に引っ掛かった。潮さんが紫さんを守っている姿なんて、想像したくない！

「守って欲しいとは思わないわ。行くと決めたのよ」

「じゃあ三人で決まりだわねぇ」

ぽんぽんと話が進んでいく。

「……あぁ、わたしも行くわ！　行くったらぁ！」

潮さんは怪訝な顔でわたしの決意を測るかのように見つめてきた。

「仲間はずれにしているんじゃないんだ、無理してこなくても……」

「無理じゃなくってよ！」

「……そうか。危険は承知しておきたまえよ」

潮さんは椅子に腰を下ろし、紫さんに向かって深く頷いた。

「よし、では約束しよう。庸二さんの行方についても僕たちは全力を尽くす。——さて、早速作戦会議をしようじゃないか」


小一時間、ぺちゃくちゃと会議をしていたら陽は釣瓶落《つるべお》としに暮れ、話もちょうどまとまったので解散することにした。

わたしたちは土足のまま掃き出し窓から邸内へ入り、正面玄関からきちんとお暇《いとま》することになった。ダンスホールのような何もない広い部屋、壁も床も天井も一面の大理石である。潮さんも物珍しそうにきょろきょろしていた。

廊下へ出ると、壁際《かべぎわ》に灰田さんが直立していた。

「あ、あ、あの、ずっと立っていらし……」

「灰田、みなさんをお送りして」

訊くまでもなかったようだ。

最後に出てきた紫さんがわたしと潮さんに視線を投げる。

「環さんは好いけれど、お二人がお母さまとお父さまに見つからないようにね」

「承知いたしました」

灰田さんについて長い廊下を進んでいく。広いほどさみしさが浮き彫りになるような邸《やしき》だった。誰ともすれ違わない。わたしの家ならば、どの部屋にいたってお父さまやお母さまの気配が壁や天井越しにわかるのに。衣擦《きぬず》れさえも荘厳な石材に吸い込まれていく。

表の歩道へ出たところで改めて振り返ってみると、巨大な邸宅は秋の闇《やみ》に飲まれていた。

「あぁ素敵だった！　住む世界が違うって、こういうことを言うのね」

「どうかな？」

潮さんは腕を組んで屋根を見上げていた。

環さんが忌々《いまいま》しげに、いーっと口を開いた。

「はいはい、聡明《そうめい》なあなたの勘繰りの通りでございい」

「え、なぁに？」

「お前は詳しく事情を知っているみたいだな」

わたしを挟んでぴりりとやりあう二人。

「茜、見留院子爵家は財政の危機にあるようだよ」

今度は梅干を食べたような顔になって、環さんは肩を竦めた。

「でも、こんなに立派なお邸を……」

「維持出来ていない、のだよ」

環さんは背を向けて先に歩き出し、わたしたちもそれに続いた。

「あの規模の邸で夕飯時に人の立ち回る気配がまったくないなんて奇妙だ。使用人が多く解雇されたのだろう。おそらくあの邸で今使われている部屋は半分以下。玄関と廊下と来客用の部屋以外は質素になっているんじゃないかな」

「まぁ、まさか……」

「庭からすぐの部屋、がらんどうだった。あれはダンスホールだからではない。サイドテーブルも一脚の椅子も置いていなかったし、絵の一枚も飾らないなんて殺風景だ。上を見てみたかい？　シャンデリアまで外されていた」

あーあー、と環さんが頭の後ろで腕を組んだ。

「事実って雄弁ねぇ。とりつくろってもひょっこりと顔を出すんだから、些細《ささい》なことで見抜かれてしまう」

くるりと振り返り、後ろ向きに歩きだす。

「必死で華族の見栄《みえ》を張っているのだわ。邸宅は十五銀行が潰《つぶ》れる直前に完成したんですって。あの家はすでに借金だらけだから家財を売っても売っても追っつかないの」

太った紳士がすれ違いざま、危なっかしい歩き方の女学生に鼻を鳴らした。

「理解出来ないわよねぇ。体面なんてものを後生大事にするなんて、あたしにはちっとも解《げ》せない。紫さんはね、恐ろしく頑固よ。それから自分が選ばれた特別な人間だという誇りがあるの。万民と同じになるくらいなら迷わずに死を選択するでしょうね」

「まぁ縁起でもない。どんなに貧乏になったって、彼女は彼女なのに」

「くふふ。そう思っているうちは一生親密になれなくってよ」


そして一週間後の土曜。

半ドンの学校を終えて、ついに決行の日時が訪れた。集合場所に選ばれたのは安元脳病院裏の藪《やぶ》の中である。

「ねぇ、本当の本当に上手くいくかしら？　わたしたち、とんでもないことをしようとしているのじゃなくって？」

「案ずるな、君の腕は素晴らしい。むしろ僕はこれを見た瞬間不安が吹き飛んだぞ。スカートを穿《は》くのは癪《しゃく》だが、今回ばかりはしかたない」

潮さんが両手で掲げた真っ白い衣装を、自らの軀《からだ》に当てた。

真っ白なキャラコのワンピースとエプロン。共布の帽子はきのこ形に丸く膨らんでいる。

紫さんも袖《そで》をつまんでしげしげと眺めた。

「本当に器用だこと。洋服の好《よ》し悪《あ》しはわからないけれど、きっと今すぐにでもお店が開けるわ」

「ありがとう。寝ないで頑張ったかいがあったわ。環さんも手伝ってくれたのよ」

安元脳病院で使われているのにそっくりな看護服を二着。

作戦のために、この一週間必死で拵《こしら》えたのだ。

「運動をする時があったら、わたくしも試しに一度くらいは洋服を着てみようかしら……」

紫さんが用意してくれた病院内の地図をみんなで覗《のぞ》き込む。

「みんな、おおよそ頭に入っているな？」

「モチよ」

環さんが眼鏡のふちに手を添えた。

わたしと潮さんは看護婦に化けて、そして紫さんは、女医志望の友人に病院を見学させてほしいと事前に約束を取りつけて、環さんを連れていく。

紫さんたちは表から情報収集を、わたしたちはその間に裏側で自由に動き回るという作戦だった。

「では散会だ、不測の事態には臨機応変に。健闘を祈る」

わたしと潮さんは真っ白な看護服を纏い、藪を抜け出した。

硝子《ガラス》張りの正面ドアに映った二人の少女は、いかにも学校を出たての見習い看護婦といった風貌だった。

堂々と正面入り口から足を踏み入れ、受付を横目で窺う。声を掛けられたときの台詞《せりふ》は打ち合わせ済みだったが、事務員は素通りさせてくれた。

「大成功みたいね！」

囁《ささや》き声が浮かれてしまう。

大病院と言ってもあくまで脳病院。大っぴらに通う人も、見舞い客も少ないようで、待合室の長椅子《ながいす》にはじっとりと苔生《こけむ》したような人と、その付き添いが座っているだけだった。

「まずは、人の配置を探るぞ」

紫さんからの情報では、職員の行動までは知ることが出来なかったこともあり、臨機応変に動くというのが大前提だった。

「彼女の話では、詰め所の壁にかかった箱にあらゆる鍵《かぎ》が保管されているんだったな」

「ええ」

隙《すき》を見て入院病棟の鍵を拝借して、地道に病室を回って満月畏人を見つける算段だ。

「ドキドキしてきたわ……！」

こんな不良行為、バレたら退学も免れない。

が、計画は早くも頓挫《とんざ》した。

看護婦詰め所の入り口から中を覗くと、そこには三人もの看護婦がいるのである。そして奥の壁に掛けられた例の箱には大きく朱書きの張り紙がしてあった。


〝無断持チ出シ厳禁。

必ズ婦長立会イノ下、帳簿ニ記名セヨ。〟


箱の脇《わき》には紐《ひも》で吊《つ》り下げた帳面がある。

中の看護婦の一人がこちらに気づいて目が合う。わたしたちは歩みを止めずに部屋の前を通り過ぎるふりをした。

「怪しまれたかしら？」

「流石《さすが》に看護婦同士は互いを承知しているだろうからな……」

そこへ、前方から高い靴音と共に白衣姿の若い男が現れた。

（あ、この人が……！）

と、そこで先ほどの看護婦が後ろから呼び止める。

「一寸《ちょっと》、あなたたち……」

飛び跳ねそうな心臓を押さえて振り返った。

「は、はい……！」

潮さんの緊張もこちらに伝わってくる。しかし……

「見習いさんたちね。ちょうど好かったわ、頼みたい仕事があるの」

ちゃりん、と軽やかな音を立て、差し出した手の中に欲しかったものがあっさりと置かれる。続けて、重ねた真っ白なシーツを押しつけられた。前が見えないほどの量だ。

「女子病棟の場所はわかるわね？　それが鍵よ。シーツを交換して、それが終わったら病室のごみをまとめて焼却炉へ持っていって」

「〝女子〟病棟……」と潮さんが繰り返す。

やはりそう都合好くはいかないようだ。

「す、すぐに行って参ります！」

シーツを抱き締めて、わたしたちは逃げるようにその場を去った。

「ふふふーんふーん、看護婦さんのお仕事って思ったより楽しいのね、ねぇ潮さん?」

「……そうか?」

大部屋の患者たちは看護婦の制服姿を見ると何も言わずにぞろぞろと食堂へ移動してくれた。順番に病室を回って、わたしたちはうきうきと仕事に励んでいた。

「あら、このシーツだけ糊《のり》が利《き》きすぎているみたい。駄目ね、もう一度すすいでもらわないと……」

「どれ?」

「ほらぁ見て、ばりばりのがさがさよ。こんなものではとても寝られないわ。あらこれも。洗濯婦が不慣れな人なのね、きっと」

「…………待て、臭《にお》うぞ。これはそもそも洗濯していないんじゃないか?」

「うっ、本当ね……」

酷《ひど》いこと。新しいものと混ぜてしまうなんてどんな管理をしているのだろう。それとも〝こんな扱いで好い〟と思われているのだろうか。

「この調子では食事も暖房もケチられているのかもしれないね」

「可哀想《かわいそう》だわ、そんなの……」

昔、お父さまが自殺未遂で脳病院へ入ったことがある。

わたしは「危ないから」とお見舞いにすら行かせてもらえず、何が危ないのかはっきりしないままに、不安な想《おも》いで帰りを待ったものだった。

「獣と同じ扱いをされたよ、文句はすべて黙殺だ」

やがて退院したお父さまは呆《あき》れたようにそう話した。

無駄吠《ぼ》えする犬の喉《のど》を潰すように、静かになればそれで好いと言わんばかりに薬で眠らされている者がたくさんいて、お父さまは出された薬をこっそり捨てて、ずっと拘束されたベッドの上で瞑想《めいそう》をしていたそうな。

「眠るばかりの人々は病人と言われたって誰がどんなかちっともわからなんだ。あの人もこの人も、目が覚めたら当たり前に真っ当なことを喋り出すんじゃあないかと思ったよ。僕みたいにね」

覇気のない患者たちの様子を思い出す。こんな環境に閉じ込められていたら、病は治るどころか悪くなってしまいそうだ。

(あの中にも、本当は健全な人が混ざっているのかも知れない……)

潮さんはばりばりのシーツを爪《つめ》で引っ掻《か》いて、溜息《ためいき》と共に話を変えた。

「これからどうしたものか、女子病棟へ入れたところで得るものはないぞ」

よっ、と彼女は窓枠に腰掛けて中庭を見下ろした。この大部屋の窓には鉄格子はない。畑があった。患者たちが耕しているのだろう、綺麗《きれい》な畝《うね》が出来てかぼちゃがなっていたけれど、隅の九坪ほどは真四角に平らな黒土が広がっていた。

「あれ何かしら？　更地というより、なんだか畝が踏み荒らされてでこぼこになっているみたい」

「あぁ、僕も気になっていた。さっき看護婦が話しているのを小耳に挟んだが、あそこは作田《さくた》という患者が平らにならしてしまったらしい。好く部屋を抜け出していたずらをするから、最近ついに個室に移されて監禁状態にされたという」

「監禁なんて。酷いわ、どうしてそんなことをするのか、わけを尋ねてみようと思わないのかしらね……」

「君はやっぱりそういうことが気になるんだな」

「だって、一見わけのわからない行動にも、話してみれば理由があるかもしれないじゃない」

「狂人かそうでないかなんて、話を聞く相手にもよるのかもしれないね。僕だって教室では変人と思われているのだから、狂人の何歩か手前さ」

潮さんは、皮肉な笑みを浮かべた。

大きな麻袋に各部屋のごみを集めたわたしたちは、えっちらおっちら階段を下りた。

一階に差し掛かったとき、先ほどすれ違った白衣の男をまた見つけた。

「潮さんっ」と小声で囁く。

「やぁ紫さん、ようこそいらっしゃいました。そちらが女医志望のお友達ですね」

安元庸一は白い歯を覗かせた。さっと下を向いて、内心びくびくしながら階段を下りる。

「どうもごきげんよぉ。聖桐高女二年の丸川環です。本日は見学の許可、ありがとうございます」

環さんの隣に立った紫さんが、こちらに気付いてちらと視線をくれた。三人で立ち話をしているようだ。

密《ひそ》かに会話に耳を傾けていると、突然足元にごみがぶちまけられた。

「きゃっ……」

潮さんが麻袋の一つを落としてしまったのだ。しゃがんでゴミを拾う。

「もう、大丈夫？　潮さんったら」

潮さんがさっと耳元に口を寄せてくる。

「もっとゆっくり拾いたまえ」

――……あ、そういうこと。

しゃがんだまま、三人の会話へ耳をそばだてた。

これなら自然に足を止められる。安元庸一はドジな見習い看護婦たちのことなどまるで気にしていない。

環さんは悪いことをする際の緊張を少しも滲《にじ》ませずにへらりとしていた（本当に罪悪

感がないだけだろう)。

彼女が首だけでお辞儀をすると、その所作だけで庸一が鼻白んだような気がした。

「おや、学習院のお友達ではないのですね。意外な交友関係だ」

「環さんはとても優秀なのです。学習院には女医になれるような子はおりませんわ」

「親もそんなことをさせるために入れるのではありませんからね」

なんだか引っ掛かる言い方。

紫さんは何を想うか、いつもと変わらぬ微笑を浮かべている。

彼女の話では、庸一さんの下へこっそりと灰田さんを遣わせて手紙を渡したら、すぐに承諾してくれたという。

脳医者になりたいという友人に病院を見学させてやってほしい。彼女は両親には医者になる夢を止められているから、なるべく内緒で手引きをしてくれないか? と。

事が上手《うま》く運んだことを、紫さんは平然と報告してきた。しかし、なかなか面倒な頼みのように思える。彼は見合いのとき乗り気でなかった紫さんの気持ちをこの機に変えんとしているのかもしれない。

「……あのー、あたし、入院病棟が見たいです」

挨拶《あいさつ》を終えて早々、環さんが挙手をした。

「患者を刺激しないと約束できるかい? 危険な患者もいるから、奥の間までは見せられないよ」

「まぁ、危険な患者とは、どんな？」

「それは千差万別だ。彼らは何をするかわからないから、女学生に近づけられはしない」

庸一は言った。千差万別と言いつつ危険だと一括《くく》りにしてしまっているではないか。医者ですらこんななのだ、お父さまのお話が真に迫って思い出される。

「……眠らせてさえいれば暴れることはないからね、患者にとってもそれが一番好い解決策なのだよ……」

「そうやって精神の病に苦しむ方々を救っているのですね。貴いお仕事だわ」

紫さんはまた起伏のない声で言った。高貴な人の率直な褒め言葉とも、話を合わせただけの当たり障《さわ》りのないお世辞とも、どちらにも聞こえた。

「まだ私は学生の身ですがね、ゆくゆくはそうなりたい。紫さんにそう言って頂けるなんて、嬉しい限りです」

庸一さんの言葉も、同じだった。二人とも心の奥底がどうにも推し量れない。

対照的に、環さんの顔にはわかりやすく本当の気持ちが書いてある。

「あらまぁ、ますます興味が湧《わ》きますわ！」

だから病棟の最奥《さいおう》まで入れてくれ！

そんな台詞が今にも聞こえてきそうな顔。

ごみを集め終えたわたしと潮さんはのろのろと立ち上がった。

少女四人は何事もなかったかのようにすれ違う。

「いけ好かない男だな」

ぼそりと隣から低い声。中庭へ出た。畑の脇を過ぎて焼却炉へ向かう。

「こっちから仕掛けてみるか」

出し抜けに彼女は言った。

「仕掛ける、って何をする気？」

「男子病棟に入れないのなら、出てきてもらうというのはどうだ？」

潮さんは焼却炉の扉を開けた。「どうやって？」と聞いたのと、彼女がうなるのは同時だった。

「ん、なんだこれは？」

灰の奥へ手を伸ばした潮さんは、焼却炉の中から何かを引っ張り出した。かりかりかり、と引きずられて出てきたのは、鉄の杭《くい》だった。

「いくつもあるぞ」

潮さんは腕まくりして奥まで手をつっこみ、鉄の杭を掻き出した。その数、十本ほど。先の尖《とが》った杭は頭が輪になっている。

「潮さん、ガリヴァ旅行記をご存知？　きっと寝かせた患者をロープで縫いつけるのだわ」

「地面にか？　ベッドに縛るなら帯革だろう」

「あら、そうね。うーん……」

潮さんは気を取り直したように辺りを見回し、壁際に積んであったものに目を留める。伐採したばかりの植木の枝だった。

「ちょうど好い、生木を燃やすぞ」

「え、そんなことしたら煙がすごいことになってよ」

「だからだよ。だが通風孔までは少し遠いな。さてどうしたものか……」


――ガチャーン！

という、悲鳴にも似た硬質な音が、耳の中に残響していた。

「……あぁ、どうしましょう。わたしたち一生分の悪事をしたわ」

侵入した先は、様々な器具や薬品が棚一面に並ぶ部屋であった。

不気味なホルマリン漬けから顔を背け、しゃがみこんで息を潜める。ぶるぶると膝《ひざ》を抱えた。流石の潮さんも冷汗を掻いていた。

「落ち着きたまえ。調査のためならこのくらいの無茶は許されるだろう。危険な橋を渡ることも時には必要だ。紫さんと約束をしたからね……」

「でも、でも、だってここまですると思わなかったもの」

わたしたちは中庭から、向かいの病棟の窓を少しだけ割って（潮さんがいきなり手近な小石で割ったので止める暇がなかった）、内鍵を開けて中へ逃げ込んだのだった。

何故《なぜ》逃げたのかというと、潮さんが〝仕掛けた〟からで……

持っていたマッチで焼却炉のごみに火を放つ前、潮さんは使えそうな物がないか辺りをきょろきょろと探した。

そこで見つけたのが、壁際に設けられていた消火栓である。

その足もとの木箱には消火用の太いホースが入っていた。潮さんは窓を割って病棟へ侵入すると、どこからかメスを二本拝借して戻ってきて、意気揚々と一本わたしに手渡してきたのだ。

切断されたホースの一端は焼却炉の煙突に、もう一端は通風孔の口に差し入れられた。

そして、炉の中でごみと一緒に生木が燃やされ、白い煙が上がると……。二階三階の窓が次々に開き、騒がしくなっていった。

火事だ！　毒ガスだ――！

歩き出す。

ある者は吼《ほ》え、ある者は喚《わめ》き、ある者はニタニタしたまま看護婦に背中をつつかれて
「あんな得意げな顔をして、何をするかと思ったら……潮さんの馬鹿《ばか》！」

「馬鹿だと!?」

ぐい、とお下げを引っ張られた。

「……君も言うようになったじゃないか」

引っ張られないように頭に力を込めているとぱっと手を離されて、反動で後ろの棚にごちっとぶつかる。

「いったぁーい……」

「まあ好い。火はなくとも念のために患者を避難させるはずだ。一箇所に固まったそこには必ず満月畏人もいる……」

いつもは斜にかまえて何かと否定したがりのくせに、探偵をしている時はどうしてこうも自信満々で偉そうなのか。

「婦長、あの部屋、硝子が割れています！」

中庭から怒った女性の声が響いた。

「廊下へ逃げるぞ」

もうついて行く他ない。

廊下は先ほどの女子病棟よりもしんとしていた。前方には「霊安室」という札が掛かっている。あぁ恐ろしや！

駆け足で廊下を進むと、前方に少女たちの姿を見つける。にやにやとこちらを見た環さんと、他人のふりがすこぶる上手な紫さんだった。

庸一さんと見学して回っていたようだが、院内の異様な気配に足を止めたようだ。

「なーんだか、騒がしいわねぇ」

環さんはわざとらしく大きな声で紫さんに言った。わたしたちは速度を落として早歩きになる。他の人間も廊下を行き来している手前、声を掛けることは出来ない。

「本当に。……庸一さん、何かあったのではありませんか？」

紫さんも愉快そうに見えた。

「おかしいですね、——おい君、何を慌《あわ》てているんだ」

庸一さんは太った看護婦を呼び止めた。

「あぁ若先生、今見に行くところなんですよ。向かいの病棟で、患者たちがどっからか煙が湧いてくるなんて騒ぐもんですから」

「火事か？」

「そうではないようなんですけどねぇ」

「大事になるといかん。一旦《いったん》患者を避難誘導してくれ。敷地の外へ出さないように気をつけろ」

庸一さんは紫さんたちを他の看護婦にまかせて、急ぎ病棟のほうへ向かった。

（よし！　男子病棟の患者もみんな出てくるようね）

潮さんが得意げに鼻を鳴らす。

二人とすれ違う瞬間、ウインクして見せると、環さんは舌をぺろりと出して応《こた》えてくれた。

『臨機応変』とは、無鉄砲という意味だったのね」

「好いじゃなーい。あたしたちも臨機応変にいきましょうよ」

くすくすとわざとらしい笑い声が背後から聞こえた。

「潮さん、無鉄砲ですって」

「うるさいな……」

ちらと振り返ると、環さんは今日も下げてきたズックの鞄《かばん》に手を入れ、何かを摑《つか》んで取り出しているところだった。

「それは？」

紫さんが尋ねる。

「メリケン粉と水を練ったものよ。必要になると思って作ってきたの」

彼女は手の中で粘土状のそれをこねこねしている。

やがて、歩くほど彼女たちの会話は聞こえなくなっていった。いつまでも後ろを気にしながら歩いていては不自然だから、前を向いて隣へ囁く。

「ねぇ潮さん、あれ何かしらね?」

「さぁな。兵糧丸《ひょうろうがん》じゃないか?」

さもありなん。環さんは食いしん坊、かつ味音痴のようだし。


階段を上ると念願の男子病棟があった。煙は思った以上に院内に入り込んだようで、視界が霞《かす》む。扉は開きっぱなしにされ、看護婦たちに付き添われた患者が出入りしていた。

「わ、今なら自由に出入りできそうね!」

「ほらみろ、成功だろ」

虚《うつ》ろな表情で傾いたり屈《かが》んだりしながら患者たちが整列している。

わたしたちは看護婦たちに混じり、誘導を手伝った。潮さんの目はその間も患者たちを観察してせわしなく動いていた。わたしもそれらしき人がいないか探してみるが、一人で喋る老人も、動き回る若人《わこうど》も、誰も彼も怪しく見えてくる。

その時、がしゃん！　と奥の鉄扉《てっぴ》が内側から叩《たた》かれた。

「おおーい、おおーい」

ドアについた覗き窓の鉄格子から、毛の生えた指が伸びてきた。

施錠《せじょう》された個室だった。

「おおーい……何が、起きてるんだ」

扉へ近づこうとすると、潮さんがそれを制して駆け寄った。

「安心してください。火事ではありませんから。今、念のためにみんなで避難をしているんです。じきにここも開けてもらえるでしょう」

鉄格子の向こうにいたのは、髭《ひげ》も髪も伸び放題の男だった。潮さんは物怖《ものお》じせずに背伸びして答える。

「おおーい、助けてくれぇ……誰かあいつを止めてくれぇ……」

「あいつって？」

潮さんの背中に摑まりながら覗き込んだ。

「こら、君は下がっていたまえ」

「早く止めないと大変なことになる……、大量殺人が起こるんだ、一大事なんだよ」

「まぁ、大量殺人ですって？」

「ただのたわごとだろう」

「たわごとなんかじゃない！　安元庸二を止めるんだ！」

「えっ!?」

二人同時に目を丸くした。

唾《つば》を撒《ま》き散らし、男は鉄格子を摑む。

「山ほどの人間が死ぬんだ。俺は極秘計画を聞いてしまった。いいか、あいつの研究は死の研究だ！　今すぐ探し出して、撃ち殺してしまえ。さもないと月が殺しに来る。だが、俺のピストルは医者に没収されてしまった。頼む、このことを早く警察に伝えるんだ。病院と軍を裁け！」

まさか、まさか、と鼓動が高鳴る。

「あなた、もしかして満月畏人……!?」

「まんげつ……」と、彼は消え入りそうな声で復唱した。そうか、彼は掲載誌を読んでいないのだ。頭を抱えた彼は落ちるように窓枠の下へ消えた。

潮さんは鉄格子を摑み、つま先立ちで部屋の中を覗きこんだ。

「壁兎《へきと》の三月号がある……！」

わたしも覗き込む。酷い臭いがした。尿瓶《しびん》が倒れて中身が零《こぼ》れ、壁には血の染《し》み。彼の額に包帯が巻かれているところを見るに、自分で打ちつけたのかも知れぬ。

床には鉛筆と原稿用紙があった。

「潮さん、この人何か知ってしまったせいで捕まったんじゃ……！」

「君、その話もっと詳しく聞かせてくれ。僕はあなたが外へ送った告発文を読んだんだ」

扉のすぐ向こうでうずくまっていた男は、救いを求めるかのように見上げて来た。

「……あなたが満月を撃ち落としたのか？」

「あぁ俺がやった……」

男は深く頷《うなず》いた。

「あなたはどうしてここに？　安元庸二の研究とは一体なんなんだ？」

「お、お、俺はどうして……？　看護婦たちが、俺を閉じ込めやがったんだ。安元庸一が弟をかばって邪魔をするんだ……」

じゃらりという音に振り返ると、鍵束を手にした婦長が近づいて来た。

「はい、作田さんの部屋開けるわよ。二人とも、ここは好いから玄関前で並ばせるのを手伝って」

「作田……」

ドアの脇に掛かった名札に目をやる。「作田要蔵《ようぞう》」と書かれてあった。潮さんは婦長に返事をして足早に歩き出す。おおーい、待ってくれー……と狂人のさみしげな呼びかけがこだましていた。俺の話を、聞いてくれぇ……。

「そういえばあなたたち、いつ入ったのだったかしら？　名前は？」

鍵を開けながら婦長は言った。ぎくっと足を止めかけたわたしの手を強く引き、潮さんは聞こえなかったふりで歩き続ける。

「お待ちなさい、どの先輩についているの？」

その時、勢いよく扉が開いて何かが飛び出してきた。引き戸に手を挟みそうになった婦長が悲鳴を上げた。

作田要蔵だ！

わたしたちのすぐ側《そば》をはだしですり抜けていった彼は、たくさんの看護婦や患者の視線に足を迷わせ、開いていた窓の桟によじ登った。

男の軀が宙を舞う。

わたしの眼は、窓の下に豊かな長髪の後ろ姿を捉《とら》えた。

「今の内に逃げるぞ！」

「あっ、……えぇ！」

潮さんに手を引かれるまま、騒ぎになった廊下の人ごみを掻き分けていった。が、階段を一段抜きで駆け下りて一階へたどり着いた瞬間、白い影が視界を遮った。

潮さんはそれに顔面から衝突し、わたしも巻き込まれる形で尻餅《しりもち》をついた。

「ご、ごめんなさい……！　大丈夫ですか⁉」

顔を顰《しか》めて立ち上がったのは、安元庸一だった。

「走るんじゃない。まったく緊急時こそ落ち着きたまえ」

「は、はぁい……」

庸一さんはいらだった様子で「すみません」と歩き去ろうとする潮さんを睨《にら》んだ。

「なんだその態度は？」

「ちっ」

（そんな、これ見よがしに舌打ちなんて……！）

庸一さんが何か言いかけたとき、誰かの「紫お嬢さま！」という声が聞こえた。中庭のほうだ。彼は声のほうへ駆け出し、わたしたちもそれに続いた。

「潮さん！　さっき、中庭に紫さんがいたような気がしたのだけど」

「まさか……！」

潮さんと中庭への出入り口へ急ぐと、やはりそこにいたのは紫さんだった。そして、先ほど窓から飛び降りた作田要蔵が、彼女の手首を摑んでいた。

二階の窓から顔を出した婦長と看護婦がきゃあきゃあ叫ぶ。

男と対峙《たいじ》した彼女は、唇を引き結び気丈にその顔を見据えていた。横顔の静かな炎を湛《たた》えた瞳《ひとみ》が、本当にうつくしく見えて、わたしは一瞬思考を止めてしまった。

「止まれ！」

　庸一さんはピストルを男へ向けていた。

「止まらんと撃つぞ！」

　作田が怯《ひる》んだ隙に、他の医者が彼を地面へ押さえつけ、看護婦も混ざり四人がかりで確保した。

　震える手でピストルを仕舞った彼は、撃たずに済んで安心したような顔をしていた。

「紫さん、大丈夫かしら……」

「こら、行ってどうする。安心したまえ、何もされていないようだ。ほら逃げるぞ」

「まぁまぁ、なぁに？　何があったってのよ、あたしがちょっと離れた隙に」

　振り返ると、出入り口の段差をよいせと飛び越えて、環さんが現れた。

「お前、どこへ行っていた？　二人一組で行動する作戦だったろうに」

「だって暇だったんだもの。ボヤ騒ぎで庸一さんはどっか行っちゃって、あたしたち二人放っておかれたもんだから、ちょいと院内探検にね」

　わたしたちは今度こそ、この騒ぎに乗じて逃げることにした。

「安元庸一のやつ……ピストルを持っていたとはな」

「驚いたわね」

「安いものは三十円くらいで買えるとはいえ、医者が許可をとってまで欲しがるだろうか……？」

「もしかして、満月畏人から没収したものじゃなくって？」

「しかし、あの銃は……いや、なんでもない」

廊下を行きながら、窓の外の中庭をちらと見やる。

作田要蔵はすでにどこかへ連れて行かれ、庸一さんに肩を抱かれた紫さんはいつもと変わらぬ涼しい顔をしていた。


翌、日曜日。

符牒《ふちょう》「マル二」は浅草寺に集まって、四人で秘密の報告会をすることになっていた。

しかし――。

「――どうして紫さんはいらっしゃらないの？」

環さんは腕を組んで唇を舐《な》めた。

社《やしろ》の階段の一番上に腰掛けた彼女は口の中で飴《あめ》を転がす。

「『下りる』、って」

紫さんは見学を終えた帰り道で、環さんにわたしたちへのたった三文字の伝言を頼んだらしい。

「どうして急に……？」

「さーあ？　華族さまって、気まぐれだから」

仲間が一人いなくなったというのに、環さんは少しも残念そうではなかった。

「秘密は守るから安心して欲しいとのことよ。安元脳病院へも何かあったら上手《うま》く誤魔化してくれるって……と言っても、元よりあなたたち偽《にせ》看護婦は尻尾《しっぽ》を摑まれず逃げおおせたけれどねぇ」

すごいじゃない、と彼女は場違いに笑った。

「僕も納得がいかないな。やめるのは勝手だが、共犯の身としてわけくらいは話してくれても好いんじゃないかい？」

「紫さんに言ってちょうだいな」

「お前は気にならないのか？」

「何かしら思うところがあったのでしょうよ」

「その通りでございます」

「きゃっ！」

階段の陰からぬっと現れたのは灰田さんだった。

「ご、ごきげんよう……」

「丸川さまの仰《おつしや》るとおり、なんらかの深いお考えがおありなのです」

相変わらずわたしには目もくれない。もうむっとするのも馬鹿らしくなってしまった。

「あたしは『気まぐれ』と言ったのだけれど」

「紫さまがおやめになると言ったらもうおやめになるのです。ご意思の固いお方でございますゆえ、一度言い出したらお聞きになりません」

「頑固なんだな」

「そう言い換えてもかまいませんが、そこが紫さまのご長所であらせられます」

灰田さんは背広の内ポケットから、蛇腹に折った紙を取り出した。

「本日はこちらをお伝えに参りました。本来ならば気に掛ける必要のないあなた方のためにわざわざ筆をお執りになったのです。心してお聞きください」

灰田さんは手紙を目の高さで広げた。

少女探偵団のみなさま

紫は探偵を下ります。

この件はわたくしがしかるべき解決を図りますので、今後は手出し無用です。

満月の日を待たずしてすべて決着するでしょう。

第四話

満月を撃ち落とした男・後

丸川環との出会いは八年前に遡《さかのぼ》る。

樹々《きぎ》の青さも濃い、初夏の浅草寺。

「ねぇ、それ貸してちょうだいな」

だみ声のしたほうを一瞥《いちべつ》すると、まぶしそうに目を眇《すが》めて両手を差し出す、青っ洟《ぱな》を光らせた少女がいた。

「この、時計のこと?」

「ええ、見せてちょうだいよ」

「……これね、今、壊れてしまったの」

金の鎖がちゃらりと音を立て、お父さまの舶来の懐中時計はゆっくりとふりこになった。正しくは「壊してしまった」ものだった。

お父さまが急に浅草十二階へ登ってみたいとおっしゃって、一家で出掛けた日。それからまもなくの九月に大地震が起こって倒壊してしまったから、あの高い高い楼は今は残っていない。うつくしいものばかり、すぐに滅びてしまう。

十二階では安元男爵《だんしゃく》の一家が待っていた。男爵は社交界でなんらかの便宜を図って欲しくて父に相談を繰り返していたのだという。ようこそいらっしゃいました……とへりくだって父を迎える男爵の傍らには、中学生の少年が二人。

そう、ついでに振り返ると、安元兄弟との初対面もこの日だった。

将来見合い話が出るなんて、双方思いもしなかっただろう。それもこちらが困窮して、だ。

少年たちはわたくしの遊び相手を命じられて、展望台をぐるり回った。

遊びたい盛りの少年にしぶしぶ機嫌を取られるなんて、なんの楽しいことがあろう。六歳の少女といえど彼らの気持ちなど察せる。少なくとも当時のわたくしは敏感にそれを感じ取った。庸一は見るからに面倒臭そうな顔をしていたし、庸二は一言も喋《しゃべ》らなかった。

「ねぇ、ねぇったら、なおさら見せてよぉ」

「……」

暇で暇で、お父さまにねだって時計を借り、一人で弄《いじ》っていたらいきなり針が止まってしまい、走って人気《ひとけ》のないところへ逃げてきてしまった。

どうするあてもなく、両手に包んで見下ろしていたところを洟垂れ少女に話し掛けられたわけだ。

余計に壊してしまったらもっと怒られる。

地面から生えた小岩のうえに腰掛けていたお尻《しり》をぴくりとも動かさず、彼女を見つめ返した。不揃《ふぞろ》いな毛先の断髪、アカの染《し》みついたような木綿のワンピース。夏なのに洟をぐずぐず言わせているのが不思議だった。市井《しせい》の子どもは風邪だから洟が出るのではないと当時は知らなかったからだ。

「悪いようにはしないわ、よっ」と彼女は時計を奪ってきた。毅然《きぜん》と出来ずに、何も言えなかった幼いわたくし。少女は眼窩《がんか》に埋め込むかのように盤面を凝視した。

「……あなた、目がお悪いの」

「お悪いのよぉ」

「そう。だからといって、眼鏡を作るのは厭《いや》だものね」

「どうして？」

「お顔に乗せるのよ？」

お互いがお互いにきょとんとした顔を晒《さら》していた。

「ねぇこの時計、裏を開いても好《い》いかしら？」

「あ、待ってちょうだい、勝手に……」

少女は肩に掛けていた、軀《からだ》に対しては大きすぎるズックの鞄《かばん》から、ねじ回しを取り出して胡坐《あぐら》をかいた。

後は聞く耳も持たずにばらばらにして、元通りに組み直したのである。

不安はやがて感嘆に変わった。「はい」と渡された時計の蓋《ふた》の裡《うち》からはこちこちといつもの音がした。

紫、と向こうからお母さまの声がした。時計を胸に抱いて少女に向き直ると、彼女はワンピースの裾《すそ》で湊を拭《ふ》いていた。

すでに興味をなくしたらしい彼女は胡坐の上で鞄を漁《あさ》り始めた。

「あなた、お名前は？　このあたりに住んでいらっしゃるの？」

「環。うちは、すぐ近く。あたし帰るわねぇ」

よっこらせっと立ち上がる少女はすたすたと歩き出す。

「今度お家《うち》にいらして。お礼をするわ。目黒にあるの。『見留院邸』と地図に載ってあるから」

「ふぅん、好いわよ」

「きっとお越しになって。約束よ」

珍しく強く主張した。

そしてお母さまの元へ向かいかけた足を止めて振り返る。

「ねぇ、わたくし来年から女子学習院に上がるの。春組よ。あなた、どちらの学校？」

その頃の学習院は、春組、秋組と、同じ年の前半、後半に生まれた子で、入学時期が分かれていた。

「ひぇー、学習院ってお金持ちの子が行くところじゃないの」

「そうなの……？　一緒だと嬉《うれ》しいと思ったの」

彼女はやはり、自分よりもよほど博識であった。くふふ、と彼女は笑った。

「あたしも来年からよ、浅草小」

「あなた、時計を直せるくらいだからきっと首席になるわ」

「そんなものならなくたって好いわよ、あたし女飛行士か女棋士になるのだから」

「あら、将棋？　囲碁？」

「どっちでも！」

ぶーーーん。

と、彼女は両手を広げて走り去った。

――紫さん、紫さん……。

そのあと、わたくしを呼びながらお母さまを追い越してやって来た少年は、どちらだったかしら？

十二階の足元で安元男爵一家と別れて帰路に着いた。

何事もなかったかのようにお父さまへ懐中時計を返したけれど、蓋を開けた瞬間、お父さまは低く唸《うな》った。

　針が逆回転するようになっていたからだ。


「――灰田」

　三人が帰ったあと、潮さんが置いていった文芸誌を読み終えると、なんだか感傷的な気分になって、昔のことが思い出された。

　わたくしの生まれた目黒の平屋ももうない。

　こんなバタ臭い、張りぼての建物が唯一《ゆいいつ》の寄る辺だなんて。

「はい紫さま」

「連れて来いなんて言っていないわ」

　庭先に出したテーブルのお茶を片付けたあと、わたくしの部屋へ来た家扶は肩を竦《すく》めた。

「夏我目さまと花村さまのことでございますか？　いえいえ連れてきたなど滅相もございません。上手《うま》くまけなかった灰田めの不手際《ふてぎわ》でございますよ」

「庸二さんのことまで話してしまって」

「これは失礼いたしました。ですが、警察にも頼れず、手も足も出ない状況だったのですから……、万に一つ、彼女たちがなんらかの情報を摑《つか》んでくるやも知れませんよ？」

この男はまたいけしゃあしゃあと。

環さんに何かあったらどうしてくれよう。

「何はともあれ気にされていた丸川さまのご友人とも直《じか》にお話が出来たことですし、損は皆無と存じます。どうかお許しいただけますでしょうか？」

「…………」

「あぁぁ紫さま……！　無視をされますと胸が苦しゅうございます……」

（少女探偵団、ね……）

「しかし沈黙は金と言いますからね。流石《さすが》でございます。この灰田、紫さまが無言に込める高貴な想《おも》いをしかと感じております よ。そう、それは下々の者たるわたくしへの労《ねぎら》い……、なんてお優しいお心遣いで……」

「新聞を」

「はっ！」

灰田は韋駄天《いだてん》の動きで部屋を出ていった。一階の居間か、食堂か……昼以降は使用人たちに回し読みされているからどこかへいってしまう。いずれにせよ、あの男は誰が読んでいようと問答無用でもぎ取ってくるだろう。

二分で戻ってきた彼は、うやうやしく新聞を差し出してきた。

一面の見出しは、近頃毎日のように見る満鉄爆破事件だった。奉天北郊、柳条湖にある満州鉄道の線路が中国軍によって爆破されたという。

「いやはや関東軍に楯突こうとは恩知らずな輩《やから》でございますよ、我ら日本人はだだっ広いだけの何もない野蛮の地を開拓してやったというに。ご存知ですか紫さま、大陸の人間は猫を食うのですよ、犬も食いますし猿も食います、それから……」

新聞紙で灰田の横っ面《つら》を叩《たた》いた。すぱんと小気味の好い音。

「本当に無駄口の多いこと。話は最後までお聞き。今日のではなくて、この前の『お手柄女学生』の記事が載っている号が欲しいのよ」

すぱんぱん、ともう一度往復で叩いてやった。

「それなら切抜きを集めております」

いそいそとビューローを開けた彼は、数ヶ月前の新聞記事を持って戻ってきた。あぁそうだ。少し前、ここに仕舞っておくと言われたような気がする。灰田はわたくしの部屋のどこに何があるか、わたくしよりも好く知っている。

黙読しながらあの怪奇小説に想いを馳《は》せた。

——なぜなぜわいてでる。

——あの月はさっきわたしがうちおとしたはずなのに。

ピストルで月を撃ち落とすなんてことが出来たなら、不可能など何もないだろう。さぞかしスカッとするに違いない。

巨大な月は、銃弾にひうっと墜《お》ちて……。

なんて夢のある話。

（満月畏人……どんな方かしら？）


太った看護婦が焼却炉の煙突に突っ込まれたホースを回収して煙にむせている。

夏我目潮という少女は、なんてユーモラスなことを考えるのかしら。

彼女たちと共に、安元脳病院へと潜入した日。

環さんは、人のいなくなった看護婦詰め所にて、メリケン粉の粘土で男子病棟の鍵《かぎ》の型をとっていた。ついでだからと他にもう数本型を取り、さらに欲張って彼女は院内を探索してみると言い出した。

「わたくしは行かないわよ」

「好いわよ別に、あなたは庸一さんのご機嫌でもとっておいてちょうだいな」

環さんはスキップで去っていった。

そうして、院内が煙臭くなってきた気がして、なんとなく中庭へ出てみたらあの光景が眼に入ってきたのだった。

「あぁ紫お嬢さま、そんなところにいらっしゃらないで、早く玄関へお逃げになって下さいまし」

丸めたホースを小脇《こわき》に院内へ戻ろうとしていた看護婦が、立ち止まる。

「いいえ、火事の危険はないとわかったのですから。ここで十分です」

「ですが居所がわからないと若先生が心配しますわ」

「では、あなたがみなにお伝えしてくださいませんか？　わたくしはここにいると」

看護婦はそれ以上は意見することが出来ずに立ち去って行った。

病棟に囲われた四角い空には真昼の月。

右手をピストルの形にして銃口を向けてみる。

その時、

「――どけ！」

驚いて声のしたほうを見上げると、何者かが二階の窓枠を蹴《け》ったところだった。

わたくしの髪を掠《かす》めて地面に落ち、むっくりと起き上がった男は手を払って土を落としてからこちらを見上げた。白い木綿の寝巻きは黄ばんで、だらりと乱れた襟からへそが覗《のぞ》いた。脂《あぶら》でべたついた髪の隙間《すきま》で、眼球があちこちへ動く。

廊下の窓から顔を出す看護婦の顔が蒼白《そうはく》になっていた。

「今、何を狙《ねら》っていた？」

男はしゃがんだまま言った。かすれた声に身が竦む。その唇は赤く湿って、直感的に危険を感じる。

「月を……」

「それは、俺の仕事だ……」

唾液《だえき》が赤を濃く光らせる。

銃の形になったまま胸の前を彷徨《さまよ》っていた手を、男は突然摑んできた。

月……。

――彼が、満月畏人……？

「あなた……！」

「こんな柔らかい手が、銃と」

上から看護婦の悲鳴が聞こえてくる。誰か、急いで中庭に……！

けれど、それはとても遠い世界での出来事のように、今あるのは、この野犬のような男の力強い握力と体温だけ。

「ただの、真似事《まねごと》です……」

「何を怯《おび》えているんだ」

「――驚いているのです！」

男の手を振り払った。駆けつけてきた看護婦と医者たちが男を取り押さえる。

どさくさに紛れて、いつの間にかその場にいた潮さんと茜さんが逃げていったのが見えた。

院内への出入り口には環さんが立っていて、ちょいと片手を上げてきた。

「今、茜さんと潮さんが逃げたわよ。大成功」

「……そう」

茜さんは何度もこちらを振り向いて、転びそうになっては潮さんに引っ立てられていた。真《ま》っ直《す》ぐな瞳《ひとみ》で心配そうにわたくしを見ていたのだ。

何も出来ないくせに、ああいう顔をして回りの人間を動かす人物なのだろう、あの子は。

病棟へ入ると同時に、安元庸一が駆けつけてきた。

「紫さん！　お怪我《けが》はありませんか？」

癪《しゃく》なことに庸一はわたくしの肩を抱くように手を添えて、顔を覗きこんできた。

「大丈夫ですか？　よりによってあなたが来ている日にこんなことになるとは」

「えぇ」

「本当に……？」

疑り深い彼の目が、わたくしのうろたえを見抜いていた。

「あの男と何を話したのですか？」

肩に添えられた指先の力が強まるも、すぐに緩み、彼は誤魔化すように笑った。

「……何も」

「何かされませんでしたか？　好いですか、あのような狂人には何を言われても耳を貸してはいけませんよ」

「もちろんですわ」

「あの男は作田といって、特に危険な患者なのです」

「作田……」

「作田要蔵と言います。あんな男に無礼を働かれたことなど、もう忘れておしまいなさい」

「ええ、そういたします」

まさか、こんなこと……。しかし。

とって食われてしまいそうな赤々とした唇。

もうすっかり目蓋《まぶた》の裏に刻まれてしまった。

「無事で何よりだ。さぞ恐ろしかったでしょう。私がいますからもう大丈夫ですよ」

万事、当たり障《さわ》りのない人だった。

この人の物になれば、両親も喜び、灰田たちを路頭に迷わせることもなく、すべて丸く収まるのか。

彼に比べて、わたくしを袖《そで》にした弟の庸二は、陸軍の研究者らしく理屈っぽい人だった。

——紫さんは、どんな風がお好きですか？

八年ぶりに再会した少年は、すっかり青白いインテリ風の若者に育っていた。

風、ですか？

色んな風があるでしょう。私は毎日風の吹き方を考えているのです。

あぁ、飛行の研究をされているとおっしゃっていましたわね。わたくしは、木枯らしが好きです。

木枯らしですか。

肺がすっとして、目の覚めるような気がいたしますわ。

木枯らしですか、木枯らしは好いですね。

……兄でも弟でも、どちらが相手でも、そう変わりはしない。

うむ、木枯らしは素敵だ。

……始終こんな話をされて、話すことはあっという間に尽きた。

良人《おっと》はつまらない平穏な人が一番だと、祖母が言っていた。好かった。

あのとき、わたくしはすっかり安堵《あんど》していたのに。

『──なぁにあの手紙。一人きりで一体どんな手を打とうっていうのよ?』

電話の向こうの幼馴染《おさななじみ》は不満げに言った。

訊《き》かれるとは思っていたけれど、もちろん話す気はない。

夜、電話機のある玄関で、椅子《いす》に掛けながら話していた。不機嫌なときにことさら笑顔を作るのは下品だ。不自然なことはすぐに判《わか》るのだから、自分も相手も不快なだけ。

卑《いや》しいばかりで何も生まない。薄く微笑《ほほえ》むだけで、好い。

眉間《みけん》を寄せながら愉快さは表せないし、涙で退屈は表せないけれど、微笑だけは、あらゆる感情が上手に乗る。

ランプにぼんやりと照らされた壁紙の模様を数えながら、わたくしは誤魔化すでもなく沈黙していた。

環さんはかまわず喋る。

『薄情だわよ。あんな紙切れ一枚で。潮さんも茜さんもすっかり落ち込んでいてよ。あなたの言う〝解決〟って、どういう結末を指しているのよ?』

「環さん、もうその話は止《よ》しましょう?」

ここ数日、毎晩彼女から電話が掛かってきていた。

心配してくれているのはありがたいけれど、もう決めたのだ。

『満月の日を待たずしてすべて決着するでしょう……なんて。真っ当な方法では、そんな早急に安元脳病院へ話をつけられるとは考えられないわ……となると、強硬手段ね』

鋭い。わたくしの頑固さも勘定に入れているのであろう。

このまま会話を続けたら、いつの間にか話してしまいそうな気がする。

それに、もう時間だ。

「ごめんなさいね、明日は早いから、もう休むわ」

環さんは食い下がるかと思ったけれど、何も言わなかった。

部屋へ戻ると、着替えを用意した灰田が待っていた。

「本当に、行かれるのですか？」

「ついて来ては、駄目よ。絶対に」

「…………」

夜風と共に家を抜け出した。

先日の病院潜入で、わたくしはある確信を得たのだ。もう、環さんたちの協力はいらない。だから一方的に断ることにした。これは、自分一人で決着をつけたいことだった。

昼間すら一人で外を歩くことは稀《まれ》なのに、夜の街はすんなりとわたくしを受け入れてくれた。いかがわしい店の灯りは眩《まぶ》しく、夜間とは思えぬほど人通りがある。文明は闇《やみ》を駆逐してしまったらしい。暗記した地図や電車の乗り換えのとおりに目的地へ進むことに、なんの苦労もなかった。

安元脳病院近くの道まで来ると、華やかな通りとは打って変わって静まり返り、猫の仔《こ》一匹通らない。

なぜ、わたくしはこんなことをしているのかしら？

さっきまで楽しく話していた幼馴染の声が脳裏に蘇《よみがえ》った。

部屋のバルコニーから街を見下ろし夢想したことがある。

彼女と一緒にどこまでも遠くへ逃げてしまうこと。好い未来も悪い未来も、名前も身分も全部捨てて、どこか住み込みで働かせてもらって……。

「……人は変わるものなのね」

ねぇ？

わたくしのほうが先に、変わってしまうとは思わなかった。

通用門は固く閉じられていた。

裏へ回って、塀をよじ登ってしまおうと思った。灰田に用意させて、初めて纏《まと》った洋装は確かに動きやすかった。これならダンスもでんぐり返しも出来そうだ。

「――水臭いったらないわねぇ」

塀の溝に手を掛けたところで声を掛けられた。観念して振り返る。

「それ一人で登れる高さじゃなくってよ」

いつもの鞄に加え、風呂敷《ふろしき》包みまで背負った環さんの姿があった。その後ろでは看護服姿の二人が滑稽《こっけい》な仁王立ちをしている。

「あなたたち……」

うんざりしてしまう。あぁ、環さんの電話はこれを見越してのことだったのか。早く切りたがる日が、わたくしが動く日だと。

「さっ、さっ、茜さん馬になって」

「え、わたし？」

「潮さんでも好いわよ、どうする？」

「……僕で好い。ただし最後に僕を引き上げるのはお前の役目だぞ。肩が外れても引き上げたまえよ」

「問題ないわ」

どうして一人で行かせてくれないの。

そんな文句は親友の勢いに押されて喉《のど》の奥へ落ちた。

「紫さん、一体何をしようっていうんだ」

夏我目潮は腕を組んだままわたくしと対峙《たいじ》した。その後ろにはおっかなびっくりの茜さんも控えている。

「安元庸一が、作田要蔵を撃とうとしているところを見た。あのピストル、二十六式拳《けん》銃《じゅう》だ」

「それは……、何？」

「陸軍で採用されている銃だよ。僕もあなたの気づいてしまったことに追いついたというわけだ」

「……あなた、よくも、まぁ……」

初めて、わたくしは彼女のことを直視した。

聡明《そうめい》なまなざしをしていた。

「とうに解けたよ、そんな謎《なぞ》」

環さんがわたくしの反応に満足げな顔をしている。

探偵団なんて、どうして始めたのかと思っていたけれど……。二人は環さんが付き合ってやるに足る相手なのだ。

「行こうか、満月畏人を逃がしに行くんだろう？」

「え、逃がすの⁉」

茜さんが一人驚いていた。

何が、「潮さんも茜さんも落ち込んでいる」だ。環さんへ流し目すると、楽しそうな笑みを返される。三人揃って、わたくしを追いかける算段を立てていたのじゃないか。

塀を乗り越え、夜の中庭を壁沿いに駆けた。

裏口の前で環さんが、ちゃらんと音を立てて、鞄からあるものを取り出した。

「まぁ、環さんったら！　くすねてきたの？」

銀色に光る四、五本の鍵だった。

「違うわよぉ、好く見てちょうだいな。ボヤ騒ぎのときに詰め所が空になっていたから、型をとってきて、ハンダを溶かして作ってみたのよ。あの病院は古いから、鍵の形も単純だわ」

環さんは肩をすくめて茜さんに鍵を見せた。

「いつの間に……、兵糧丸《ひょうろうがん》じゃなかったのか」

小麦粉の粘土のことを言っているらしい。言いえて妙だ。

くすっと、笑いそうになって、肩が緊張で強張《こわば》っていたことに気がつく。

環さんがそれを鍵穴へ差し込み、ゆっくり力を掛けると、頭がねじ切れそうになりながらも、なんとか錠が落ちた。鍵は抜けなくなってしまったけれど。

「あちゃあ、やっぱり一回で駄目になったか。今後に備えて錠前破りを習得したほうが好さそうねぇ」

「まぁ泥棒みたいだわ」

「探偵なんか犯罪者と紙一重でしょうに。針金一本で鍵を開けられたら証拠も残らないものねぇ」

真っ暗な院内の廊下は微《かす》かな物音でも響いた。

今は見回りの時間ではないらしく、難なく男子病棟へたどり着く。環さんは抜かりなく必要な場所の鍵を複製していた。

しかし「作田要蔵」の札の掛かったドアを目前にして、角の向こうからランプの明かりが迫ってくる。一同に緊張が走った。

「わたしたちが囮《おとり》になってよ」

意外なことに、真っ先に反応したのは茜さんだった。

「すでに前科者だもの。ね、潮さん」

「……好いだろう。彼を迎えに行くのは紫さんが適任だろうしな」

この、すべてを見透かしたような顔が鼻につく！

偽《にせ》看護婦たちは自分から灯へ近づいていった。看護婦の短い悲鳴がして、やがて二人分の足音が逃げ出すと、看護婦はそれを追いかけて遠ざかっていった。

「開いたわ、さ、ご対面よぉ」

幼馴染が鍵を開け、軋《きし》ませながら仰々しくドアを脇へ押した。

彼は、起きていた。

ベッドの上で修行僧のように胡坐を掻《か》き、開く前から物音に気づいていたのだろう、軀ごとこちらを見ていた。

「ごきげんよう」

かすれた声しか出なかった。

彼は微動だにしない。

「ここを、出ましょう」

勇気を奮う。

「出るのよ」

やっと彼は口を開いた。

「どうやって?」

「わたくしが逃がすわ」

「駄目だ、月が、満月が見逃してくれないんだ」

「あなたが撃ち落としたのは満月ではないのでしょう。おそらくはいつか語ってくださった、ご自分の夢の結晶だった。どうしてそんなことをしたのか、聞かせてくださる?」

男は不思議そうに瞬《まばた》いた。

「――庸二さん」

環さんはその言葉ですべてに合点がいったのか、小さく鼻をならした。

「驚いたわ。あの時、窓から飛び降りてきたあなたと言葉を交わしたとき、気が付いたのよ。痩《や》せこけ、覇気が消え、髪も髭《ひげ》も伸び放題のみすぼらしい姿になっていても、あなたの声は変わらない」

それから、わたくしを気に掛けたかのような庸一の上滑りな言葉で確信した。彼はわたくしが作田の正体に気付いたかどうか、測りかねていたのだ。

ぽかんとしている彼の袖をつまみ、そおっと廊下へ連れ出す。

「紫さん、ご覧なさい、あちこちの窓に灯が点《とも》り始めてよ」

「あぁ、もう気付かれてしまったのね」

「あーら、あすこの屋根に見えるは……」

彼女が指差す先には、月光に長く伸びた二人の少女の影があった。屋根の上を駆けていき、中庭を回り込むように女子病棟の屋上への雨どいを登り始めた。

「とんでもないお転婆《てんば》だこと」

追い詰められて、どこかの窓から屋根へ出たのだろう。遠くから、階段を登ってくる音が聞こえる。わたくしたちものんびりしてはいられぬようだ。廊下へ出ると、鉢合わせた看護婦がランプを取り落としそうになった。

詰め所にいた夜勤の看護婦が一人二人と一階からやってきた。ひとまず上に逃げるしかない、と環さんに言おうとした矢先、彼女は反対方向へ飛び出していく。

囮になろうとしているのは明らかだった。急にぐいと手首を摑まれる。彼は、爪《つめ》を嚙《か》んで看護婦を睨《にら》んだ。

「あいつらは、いつも俺の邪魔をするんだ！」

作田要蔵、というのは偽名だ。正気を失った庸二を匿《かくま》うための。

「――こっちよ！」

あてもなく走り回り、目についた階段を登った。

ピストルは許可さえ取れば誰でも買える。

医者ならば、ましてや華族ならば持っていてもおかしくはない。だが今なら確信できる。庸一が持っていたピストルは庸二から奪ったものだったのだ。

行き着いた先は女子病棟の屋上だった。ちょうど反対側から屋根を伝ってこちらにたどり着くところだった偽看護婦たちを見つける。

「潮さん」

夜風にかき消されないように、声を張った。

「教えてちょうだい。これからどうしたら病院を抜け出せる？」

屋根の上で身を伏せ、帽子が飛ばされないよう押さえながら、彼女は叫んだ。

「本当に、彼を連れ去る気かい？」

「えぇ。だけど一階はもう、起きだした宿直の医者と看護婦でいっぱいよ」

「連れ去ってどうする」

「当てはあるわ。わたくし、本気よ」

虚《うつ》ろな目をしてふらふらとする彼の袂《たもと》を摑んで側《そば》へ引き寄せた。

「……不思議ね。昔はなんとも思わなかったのに。精神の檻《おり》から自由になっているところを見たら、どうしてかあなたの人間味を強く感じたのよ。今のあなたは、一見粗暴に見えるのだけれど、その心の奥底には賢《さか》しい光が宿っているわ」

彼は曖昧《あいまい》な返事をして、訝《いぶか》しげにわたくしを見下ろした。要蔵さん、と小さく呼んでみたら、やはり曖昧な唸り声が返って来た。

もう、本当の自分がどちらだか思い出せないのかもしれない。

背後のドアノブががちんと鳴り、勢いよくドアが開かれた。

「あれま！　大集結ね。約束もしていないのに、やはり相性が好いのだわ」

だが、意気揚々と屋上へ足を踏み入れた環さんの後ろに白い影が現れる。

「では、一網打尽に出来るということだな」

「ひぇっ！」

息を切らせた、安元庸一が満月畏人に銃口を向けながら屋上へ足を踏み入れた。けれど当の標的は満月を見つめてぶつぶつ言っている。

「紫さん、こちらへいらっしゃい」

「…………」

「その男は危険な狂人なんです。悪いお友達にそそのかされたのは、わかっておりますよ」

わたくしは正面から庸一を見据えた。

「いいえ。彼はあなたの弟、安元庸二さんです。いくら面変わりしたとはいえ気づかないとお思いですか」

「やはり、誤魔化せはしないようですね」

庸一は一歩近づく。

「ですが、弟はこのままのほうが幸せなのです。ここで匿っているのが一番なのですよ」

「匿う？　こんなことが彼のためだと仰《おつしや》るの？」

「あなたは私を人非人だと思っているようだ。それから興味がない」

「…………」

「常識的でつまらないと思っておいでなのでしょう？　そう思われていることにすら気づかない俗人だと。あなたは私を、舞台のにぎやかしの端役《はやく》だとでも思っているのだ」

言い終わるときには庸一の語調はすっかり怒りのこもったものに変わっていた。

「それが非常に気に入らなかったんですよ！　昔から」

茜さんが、屋根の上から食い入るようにわたくしたちを見つめていた。庸一の本音が、あまりにも意外だったのだろう。

「なぜ弟なのです？　不器用な気質に個性でも見出《みいだ》しているのですか？　そういった性質が、あなたの心の底の影に共鳴できるものだとでも思っているのならそれは買いかぶりだ。本当は誰でも持っているのですよ、そんなもの。弟はただ隠せずにむき出しにしているだけに過ぎないのですから」

「何を、仰りたいのです」

パン、と音が鳴り、満月畏人の足元で何かが跳ねた。

威嚇《いかく》したのだ。

「次は当てます。私には、庸二を行方不明のままにしておく義務がある」

「どうしてです。中庭で会ったときのこの方の目には、まだ理知の光がありましたわ。わたくしのことはわからないようだけれど、今は錯乱しているだけ……」

ピストルなど、恐《こわ》くはなかった。

しかし呑気《のんき》な声が脈絡のない言葉を挟んだ。

「――ねぇみなさん、盛り上がっているところ悪いけれど、もうすぐ満月が上がってきてよ」

わたくしと庸一は同時に環さんへ顔を向けた。

「さぁさぁ大注目、空をご覧あれ！　庸一さん、ごめんなさいねぇ。入り組んだ事情がおありのようだけれど、あたしは知ったこっちゃないわ。そんなことより彼にこれを見て欲しいのよ。――ほうら、ごらん！　満月畏人！」

　環さんが呼びかけると、彼はゆらりと振り返る。

　白い満月が二つ、浮かんでいた。

　――あぁ、小説と同じだわ。

　満月畏人は、呆然《ぼうぜん》と月を見上げて固まっていた。

「……潮さん、見て！」

　茜さんが屋根の上から指を差した。言われなくともわかると顔を顰《しか》めた潮さんは、帽子を忌々《いまいま》しげに外して襟の中へ押し込んでしまった。

「気味の悪いものだな、こうしてみると。のっぺらぼうの殺意だね。誰を殺すかなんて月自身にもわかっていないのだから」

　殺す……。

　月が？

　悲劇は、わたくしの想像を軽く飛び越えていたようだと気づく。夏我目潮はいったいどの時点でそれに気付いていたのだろう。

　彼女たちはきつく手を握り合って、狭い屋根の隙間を飛び越え、中央病棟の屋上に降り立った。

そんな二人を振り返りもせず、屋上の縁に足を掛けた幼馴染が、片目を閉じて狙いを定めている。どこから取り出したのやら、立派なパチンコで月を狙っていた。

「環さん、何を……」

「好《よ》ぉく刮目《かつもく》なさって！」

「やめろ！」という庸一さんの声は遅かった。

――パン！

満月は輪郭をたゆませて落下した。

「あ、あれは――」

茜さんが目を丸くする。

本物の月だけが、勝ち誇ったように星々を従えていた。

「――気球？」

バランスを崩した気球の布地から中の暖気が抜けて、自重に耐え切れず落下して行った。

「あの月はとっくに俺が、撃ち落としたはずなのに……」

満月畏人は頭を抱えて膝《ひざ》をつき、やがて這《は》いつくばるように悶《もだ》えた。

「あれは作ってはいけない物だったから、……この手で撃ち落としたのだ。あぁ大変だ！　ついに実用化されてしまったのか。どこへ落ちた？　どこへ……」

彼の口調は科学者らしい早口に変わっていた。聞き覚えがある。懐《なつ》かしい、安元庸二の声。

「私には、あの気球を始末する責任がある……」

はっきりとこう言って、またうずくまった。

乾いた靴音を立てて、潮さんが近づいて来た。

「……こうも上手に再現するとは流石だな」

「あたしを誰だと思ってるのよ？　科学の申し子〝電気ガール〟よ。潮さんから訊かれたときは驚いたわ。『洗濯糊《せんたくのり》とシーツで可能かどうか？』なんてねぇ……これでも家で十回は打ち上げ実験してよ」

「じ、実験？　二人ともいつの間にそんなやりとりをしていたのよ？　酷《ひど》いわ、わたしに秘密で……」

環さんが持っていた風呂敷包みは気球の道具だったのか。

潮さんは屋上の縁まで歩き、中庭を見下ろした。

「糊を塗って布目を塞《ふさ》ぎ……、丸く形を整えて、火を入れた小さなボウルでもくくりつけて、内部に暖気を溜《た》める。畑に埋めた杭《くい》に、膨らんだシーツの四方から紐《ひも》を緩く結んで支え、ある程度の浮力で解けるようにしておけば重心が整った状態で地を離れる……

といった塩梅《あんばい》だ。……口で言うのは簡単だけれどね」

「それでも、現に、実証できてよ」

環さんが得意げに鼻をならす。

「じゃあ、あの時見つけたばりばりのシーツは……」

「彼は自分のベッドのシーツを使ったのだろう。実験中の道具を見つからないように隠そうとしたのか……経緯は知らないが何かの折に洗濯済みのものに混ぜてしまったんじゃないかい？　杭は没収されて捨てられてしまったようだが」

「畑をならしたのも作田さんだったと言っていたわね……」

「打ち上げに、広い場所が必要だったからだ」

茜さんは更なる問いを発する。

「わからないわ、一体どうしてそんなことをしたの？」

「本人にもわからないだろうさ。気球の研究者、安元庸二としての自分と、すべて忘れた月を恐れる男、作田要蔵の心が入り混じって、自分で気球を飛ばそうとし、それを月だと言って恐れる……なんていう不可解な一人二役をしていたのだろう」

「そんな、そんなことって……」

「作田要蔵が狂気を受け持つことで、安元庸二は受け入れられない過去から自分を守っていたのではないかい」

わたくしは膝をつく彼の側に跪《ひざまず》き、背中をさすった。

「この方には、気球で空を飛ぶ夢があったのよ」

満月畏人は、しげしげと庸一の銃を見つめて、あっと声を上げた。

「私は、なんてことを……」

「庸二さん、あなた、自分のことがおわかりになるの？」

尋ねたが、満月畏人はふうっと力を抜いて倒れた。

庸一は一瞬、苦しげな表情になったように見えた。顔の半分を塗りつぶした影のせいかもしれない。

「好いでしょう……弟が作田要蔵になった経緯をお話しいたしましょう」

庸二は軀《からだ》を震わせている。肩に手を掛けて、自分のほうへ引き寄せるようにして膝枕《ひざまくら》した。

「弟は、通信や運輸のための気球の研究をしておりました。しかし、ある時から極秘命令が下ったらしく、思い悩むようになりました。もちろん機密がありますから、その中身は近しい者も知りません」

「極秘命令……まぁ、陸軍の秘密の研究かしら？」

ぶるりと茜さんは己の二の腕を抱き締めた。

「その命は後に弟の口から明らかになりました。それは気球に爆弾を積んで大量殺人兵器を作れぬかという構想だったのです」

「気球で？　あんなにゆっくりと風のままに飛ぶものが、どうやって」

「まるで夢物語でしょう？　弟も最初はそう考えた。しかし研究すればするほど、不可能性は薄れ、発案者の思惑通り無人の長距離飛行の叶《かな》う爆撃機が作れそうだということがわかってしまった」

――のっぺらぼうの殺意。

先ほどの口ぶりから察するに、潮さんはすでにその可能性を考えていたのだろう。腕を組んだまま尋ねた。

「長距離とは、どのくらいだね？」

「はっきりとは知らない。けれど、太平洋を横断できるくらいだったと聞いた」

「太平洋を？　驚いたな。まさかそこまでとは思わなんだ」

「どうして……そんなもの、今の世には必要なくってよ……」

茜さんは言った。けれどそう思っているのは自分だけだとすぐに気がついたようだ。

「……近頃、満州鉄道が中国軍に爆破されたでしょう？　お父さまが仰っていたわ。この国は水面下で攻め来る外国と戦う準備を始めているのだと」

武器は、いざ戦うときのために常に磨《と》いでおかなければいけないことが、どうして言われなければ分からないのかしら。

「そんな……嘘《うそ》よ。戦争なんてわたしたちが生まれたころに終わったばかりじゃない。そんなにすぐに、また始まったらたまらないわ」

「本当に、灰田の言った通りの子ね」

茜さんはしょげたような、真面目《まじめ》な顔で俯《うつむ》いた。

庸一は話を続けた。

「やがて、弟は自分の研究が、近い将来多くの人を殺す『死の研究』だと苦悩していった。もともと飛行船や気球や気象学の好きな穏やかな男だったから、尋常の悩みではなかったのだろう。そして、弟はついに激情に駆られて、ある夜間実験の最中に拳銃で気球を撃ち落としてしまった」

広い基地内で、ふよふよと浮く白い球。

それが、弾丸に貫かれて黒い森へ墜ちるところを想像してみた。

――死のおどりのわがみだれ満月たちはよかぜにわらった。あざわらうこえがふってきてひとつくらいへでもないといまにも〝爆発〟せんとしている。

「弟は、そのまま出奔した。森に逃げ込み、数日間彷徨《ほうこう》してこの病院へ逃げてきた時にはぼろぼろだった。その時は比較的話の通じる状態だったから、これらの話を聞きだすことができたのだ」

「今のようになったのはいつからだい？」

「匿う内に、段々と。庸二は罪の意識に苛《さいな》まれて、ピストル自殺を図ろうとした。銃を没収した後も、満月が出るたび夜空を恐れるようになった。『月が追ってくる』とたわごとを言ってな」

庸一は溜息をついた。

「軍は当然病院を訪ねてきた。しかし私は父と相談して、弟の行方は知らぬ存ぜぬで通した。男爵家《だんしゃくけ》出の軍人が、軍律違反を犯した上に逃走して処罰を受けるなど、あってはならない。軍でも庸二の失踪《しっそう》は大っぴらにはされず、私たち家族にも、軍が秘密裏に捜索するからこのことは内密にするようにと命じられた。彼の関わっていた研究が極秘だったせいだろう」

それで、家でも職場でも失踪自体を隠匿《いんとく》されるという奇妙な事態になったのか。

「弟には『作田要蔵』という偽名を与えて患者の中へ混ぜ、一人の病人としてひっそりと生活させた」

「それでは、まるで……」

わたくしが口を挟むと、庸一は神妙に頷《うなず》いた。

「えぇ、私が作田要蔵になることを導いたようなものです。だが、そうでもしなければ傷ついた庸二が死に走ることを止められなかったのです。彼を寝台へ縛りつけ、ずっと眠らせていました。薬が切れるたびに追加して、意志薄弱にしてしまえば、死ぬ気力すらなくなってしまう」

「その結果がこれですか？　死ななければ誇りを失っても好いと仰るの？」

「ではあなたは、弟が死んでも好かったというのですか」

頷いてしまいそうだった。

もしもこれがわたくしの身に起きたことだったら、醜態を曝《さら》すくらいならば死んでしまいたい。

だけど……。

膝の上にある彼の生身の温かさを知っているのに、どうしてそんなことが言えようか。

「……なんにせよ、みな詭弁《きべん》です。あなたはまだ正気だった庸二さんを檻へ押し込めて、本当に心を壊してしまった藪《やぶ》医者よ。それだけのことですわ」

「好きなだけ仰いなさい。私の見立てでは庸二が正気を失うのは時間の問題だったのです」

悔しいと、腹が立つと、感情が血管の中を奔流するようだ。

「父と悩んだ結果、弟は一生失踪しているのが好いと結論し、あなたとの見合いも破談にした」

「……そんな突拍子もない理由、考えつきもしなかった」

「やがて、庸二は自分が誰かも本当に忘れてしまった。あなたの言う通り、狂人扱いをしたせいで……」

庸二の暮らしに想《おも》いを馳《は》せると怖気《おぞけ》を感じた。先の見えない隠れ潜む日々、茫洋《ぼうよう》とする意識。いつしか自分でも何が本当なのかわからなくなってしまう……。

「そして、あなたが代わりにわたくしの結婚相手として手を上げたのね。安元家ではそんなことがあってなお、見留院家との繋《つな》がりを絶ちたくなかったのですか」

庸一は押し黙った。

何か言うが好い。まだわたくしの顔色を窺《うかが》って言葉を選んでいるのか。

「子爵の位は、そうまでして欲しいものでしたか」

あえて薄く笑うと、少女の声が響いた。

「それは、きっと違うわ……」

潮さんの背に隠れながら、茜さんはつま先立ちで首を伸ばしている。

「あの……、庸一さんは、本当は真心から紫さんを想っておいでなのではなくって？」

何を言い出すかと思いきや。

話が脱線するのは好きではない。

「きっと、庸一さんは爵位が欲しいのではないと思うわ。だって庸二さんのことで手一杯のはずなのに、紫さんの頼みを聞いて、お友達に病院を見学させてあげたのよ？　庸二さんが見つかってしまう危険があったのに！」

そんなこと……、それくらい地位が欲しかったのだろう。

「それにさっき怒ったときの言葉で、感じたのよ。庸一さんは、その、鈍感なふりをしているだけで、本当は庸二さんと同じような、繊細な人なのかもしれない……って」

鈍感で、あたりさわりのない、通俗的な男。

だから雑に扱っても傷つくことなどない。ずっとそう思っていた。

いや、思おうとしていた……？

「ははは、そのように思っていただいてもかまいません」

茜さんが言ったことは、ずっと、見て見ぬふりをしてきたことだった。

傷つかない人間などいるわけがないのに。

あの庸一が、わたくしに真心を？

それでも……。

「もし……、あなたがわたくしを想ってくれているのでしたら、もう一つわたくしの望みを叶えてくださいませんか？」

「なんなりと」と庸一はおどけた様子で答えた。

「庸二さんを、ここから出してやってください。自由にしてさしあげて。これからは作田要蔵として生きれば好い」

「そうさせてやりたいのは山々ですが、我々の庇護《ひご》がなければ、弟は生きていくことなど出来ませんよ」

「どうとでも生きてゆけます。自由こそ尊い、万人の権利です」

「貧民窟《くつ》にでも行き着くしかありませんよ。弟は犯罪者なのです」

「いいえ、己の正義を貫いた研究者でした」

彼の頭に置いた手を優しく動かす。

「安元庸二はどこぞでのたれ死んだのです。ここにいるのは、どこで生まれてどこで育ったかも覚えていない、ただの作田要蔵です」

いつくしむような気持ちが湧《わ》くのは、変わらなかった。

「外の世界で新たな人生を送り、悪い記憶には永遠に蓋《ふた》をしてしまえば好い。庸一さん、あなたが庸二さんを大事に思っていることはわたくしにもわかります。ですから……」

「いいえ、私は弟が憎かった」

庸一は拳銃を握った右手に、再び力を込めた。

「まんまとあなたとの縁談をまとめようとした弟が、心底憎かったのです」

「まんまと？」

「えぇ、あなたは何も知らない小鳥です。何故《なぜ》見留院家と安元家が縁談をすることになったのかお忘れですか。あなたの家が零落したからですよ。それは何故だと思います？」

「……何故って、お金が……、十五銀行が潰《つぶ》れたせいで……」

「我々は、本当は恩ある子爵家にその予兆を伝えるつもりだったのです」

満月が、流れてきた雲に陰る。

「弟は自ら、自分が伝えておくと名乗り出ました」

「そんなこと……一言も聞いておりません！　少なくともわたくしは……」

「弟は伝えなかったのです。それから僅《わず》かひと月後、十五銀行にあったあなたの家の財産はすべて失われた」

手がわなわなと震えた。

「何故だと思います？　愚弟は、あなたを貧乏にしたかったのですよ。見留院家が裕福な家に頼らざるを得ないように……」

庸一は再びピストルを弟の頭へ向けた。

「あなたを手に入れたいがために、助けるふりをしてあなたとその一家を不幸に突き落としたのです！　それでもまだ彼を助けたいと思いますか？」

まるで何かに勝ったかのような、庸一の強い声。

「そんな折に、弟は発狂したのです。その後、あなたをもらう話は私のほうへ回ってきた。自業自得《じごうじとく》です、あなたを欲しいと思ったくせに、幸せにしてあげようと思わなかった。その天罰が、弟を襲ったのです」

「嘘ですわ……。この方はまるでわたくしを気に入っているようになど見えませんでしたもの。だからわたくしのほうだって、何も期待などしていませんでした」

「上手《うま》く、行かないものですね。今の弟はもう、あなたを想っていたときのことなど覚えてはいませんよ」

無意識に庸二の髪を摑《つか》んでいた。ぶちぶちと何本かが抜ける。

「けれど、中庭で作田要蔵に出会ったときあなたは彼を気に入ってしまった。庸二に似ていることを気づかれたと焦《あせ》りましたが、あなたは当然そのことに気づきながらも、己に芽生えた気持ちにうろたえていた……私にはすぐにわかりましたよ。中庭で取り押さえられる弟を見ていたあなたの眼差《まなざ》しときたら！」

庸一は両手を広げる。

「皮肉なものですね。作田になった途端、庸二にはなかった自由さがあなたの心をつかんだのでしょうか……。理知的な研究者だったときよりも、野犬のように目を光らせ、不安定なところを曝け出した彼に、あなたは惹《ひ》かれたわけだ」

「お黙りなさい」

庸二を床に横たえ、立ち上がった。

「ゆ、紫さん……！」

茜さんが遠慮がちに声をかける。

その時、斜め後ろから二の腕に触れられた。環さんだった。

「あなた、恋をなさっていたのね」

「……」

「本当に水臭いんだから」

満月畏人を外へ出したところで、どうなるというのか。正気を取り戻せるのかどうかなんて、誰にもわからない。もしも脱走した軍人と知れたら懲罰を受ける。

この病院で匿うという苦肉の策は、確かに最後の砦《とりで》だったのかもしれないと。

きっと潮さんもそのことに想いを巡らせている。

「……紫さん。庸一さんは、庸二さんの敵ではないと僕は思ったよ」

潮さんが諭すように口を開いた。

「あなたは没落したとはいえ、市井《しせい》の暮らしを知らない。人間どうとでも生きていけるというのはわかる。僕の家がそうだからだ。けれど下を見ればキリがない……、どころか果てのない暗闇があるものだ」

潮さんはしんみりと言う。環さんがひゅうと口笛を吹いた。だから、と言ったまま潮さんは次の言葉を紡《つむ》げずにいた。

──けれど、わたくしは無策で飛び込むほど向こう見ずではない。

「いいえ、彼にはもう生活の術《すべ》があります」

わたくしは微笑する。

「なんだと？」と庸一が尋ねた。

「壁兎《へきと》出版という出版社をご存知ですか？　庸二さんは、期待の新人小説家として嘱望されているのです」

探偵団の少女たちは同時に目を瞠《みは》った。

そもそもの発端は、ここだった。

「話はすでに、壁兎出版の編集者につけてあります。満月畏人──彼の筆名よ──は責任を持って編集者の家に下宿させ、一人前の作家に育ててくれるとお約束してくださいました」

文筆家。本名や肩書きを捨てて、奇人変人でも食べていける術。たとえばそう、花村疎水のような逮捕歴のある人でもやれるのだから。

わたくしは、あの無名の詩人がけっこう好きだ。

「紫さん、あなたいつのまにそんな思い切ったことを……！」

茜さんが、潤《うる》んだ瞳《ひとみ》をぱちくりさせた。

「本気だと言ったでしょう」

怪訝《けげん》な顔をしていた庸一に、潮さんが小説のことを説明した。

「……弟は気球の研究者ですよ。いくら数式が書けても、文学などやれるものか」

「きっと、正気と引き換えに感受性を得たのです」

冗談のような声音で言うと、庸一は憤慨した。

「ふざけている……。上手く行くものか！」

「やってみなければわかりません」

愉快だ。すこぶる、愉快。

庸一は唇を青くした。方々へ手紙を書く満月畏人のことは、他ならぬ彼が一番好く知っていたのだろう。

彼の脳裏には今、彼の描いた、月に追われる世界が広がっている。

認めざるを得ない甘やかな悪夢の前に、彼の心が跪くのが手に取るようにわかった。

満月畏人が、目を覚ます。

「あぁ、……寒いなぁ。お前ら、輪になってどうした？」

「……あなたの告発文が、ついに外の世界へ届いたと言ったら、驚くかしら？」

「本当か？　あぁ好かった……」

「えぇ、もうご安心なさい」

「あ……、あなたは？」

満月畏人は初めてそこに人がいるのに気がついたように、わたくしを見上げた。

目が合った刹那《せつな》に、心に清らかな真水がいくらでも湧いてくるような心地がした。

「……名乗るほどの者では、ございませんわ」

「いいえ、あなたはお優しい。名前を聞かせてください」

「いけません。さぁお立ちになって、行きましょう」

月光の届かぬ遠くへ。

「待て」

庸一が拳銃《けんじゅう》を構えた。

「やはり見逃すわけにはいかない」

恐れは微塵《みじん》もなかった。

「……お願いです。この方を自由にしてさしあげて。彼は作田要蔵として、普通の幸せを手に入れるべきだわ。いつか安元庸二だったことをはっきりと思い出しても、その時ちゃんと新しい暮らしが築けていれば、心の中では折り合いがつけられると、わたくしは信じています」

「いいえ、弟を外へはやれません」

「わたくしを撃つのですか？」

満月畏人は落ち着かない様子で、拳銃とわたくしを交互に見ていた。

「撃たれたくなかったら、止まりなさい」

「撃てば好い。お願いです、彼を自由にしてさしあげて」

もう一度言った。

庸一は銃口を向けたまま手を震わせていた。

「あなたは、私が家の体面を気にして軍に知らせないとお思いですね」

「…………」

満月畏人はふらりと座り込み背中を丸めた。

「紫さん……こちらへいらっしゃい」

もう片方の手を伸ばした庸一だが、その手を取るわけもなく、わたくしは深く頭を下げた。

「この方を、どうか、自由にしてさしあげてください」

愚直に同じ言葉を繰り返す。

庸一は肩で息をしながら拳銃を下ろした。

「お願いします」

「……本当に、頑固な人だ」

苦しそうな声をしていた。

しかし、それは一瞬のことで、すぐにいつもの憎たらしい顔に戻る。

「条件が、あります」

ようやく、ゆっくりと頭を上げた。

「なんでしょう」

「縁談を受けてください、私との」

その条件は、意外なようにも、予想通りだったようにも思えた。

「そうしたら見逃してさしあげましょう。父には私がうっかり逃がしてしまったと話します。もちろん、今後作田要蔵の人生に関わることは許しません。それでも好ければあなたの望みを聞きましょう」

「そんなこと卑怯《ひきよう》だわ」

茜さんが叫んだ。己を恥ずかしいとは思わないの……などと、ぴいちく喚《わめ》いている。

自分よりも取り乱している人を見ると、冷静になれるものだ。

「一応言うけど、割りに合わなくてよ。あなたこの男を嫌っていたじゃないの」

環さんはむっとした顔で、後ろからわたくしを小突いた。

「いや、嫌悪《けんお》とか好意とか、そういった次元ですらない路傍の草だったかしら」

ご名答。

とは言っても、彼を軽んじていたことを、今は少しだけ反省している。

どうしましょう、と茜さんは潮さんに縋《すが》っている。

「わかりました」

わたくしは庸一を見据えた。

「そのお話、お受けいたします――」

満月や。
満月や。
とかしたバタいろのあくま。わたしを殺し、海をこえ、とおい赤毛ののうふを殺し、
そのつまも子も牛もまとめて殺すのか。

それから、庸一はわたくしたち五人を空き部屋へ隠して、適当な嘘を吐《つ》いて院内の騒ぎを収めた。「突然暴れだした作田要蔵と、自分の書斎で話をする」と看護婦詰め所に伝えて戻ってきた彼はこう言った。

「朝になったら、私は書斎の窓を開けて倒れておきます。作田要蔵は逃げてしまった、と」

再び脳病院は寝静まり、わたくしたちは彼に見送られ裏口からこっそりと外へ出た。

通りへ出るとすぐに、待ち構えていた灰田が現れた。

彼には壁兎出版への連絡や、満月畏人を朝まで待機させるための安宿を手配させておいたのだが、いざ夜にわたくしが家を抜け出すと、案の定あとをつけてきたので「ついてくるな」と命じた。それで、泣く泣く病院周辺で待機していたのだろう。

宿の住所は聞いていた。夜の街くらい一人でも歩けるつもりだったけれど、いつのまにか増えすぎた仲間と共に、先導する灰田について行く。

ほどなくして、このあたりにこんな場所があったのか、と思うようなひっそりとした細道に入った。立ち並ぶ軒は控えめな灯《とも》りを灯していた。これが曖昧宿、というものらしい。人目を憚《はばか》るような男女が寄り添って通り過ぎる。

「みなさまはこの場で少々お待ちください。すぐに戻りますゆえ、絶対に四人で固まっていてくださいませ」

男は灰田に連れられて歩きだした。覚束《おぼつか》ない足取り。不安げな顔で、一度こちらを振り返った。

これで、最後なのか。

「満月畏人！」

なんと呼んだものか迷ったけれど、それも一瞬だった。

立ち止まった彼は、濁った瞳をしていた。

「……お寒くは、ありませんこと？」

倒れないように、気を張って彼の元へ駆け寄る。満月畏人はわたくしを見下ろした。灰田は背を向けたままその場で直立して待ってくれた。茜さんたちも、誰ともなく息を殺して角へ下がっていく。

わたくしと彼は金色の光に包まれていた。

「これから、どんどん寒くなるわ。季節が過ぎるのはあっという間だもの。どうぞご自愛をして、お元気で」

「冬は、嫌いではない……」

「そう」

「……胸がすっとして、目の覚めるような気がする」

「……」

「あぁ、木枯らしだ……、木枯らしが、好いそうだ。昔、誰かが好いていた。俺が寒くったって、その人がどっかで喜んでるだろう」

彼の右手を、両手で包み込んだ。すっかり冷たくなった指先に力を込める。

その手の甲を頬につけて、目蓋《まぶた》を閉じた。

「きっと幸福になって。きっとよ」

手を離す。ぬくもりが離れる。

灰田が満月畏人の袖《そで》を摑んで曖昧宿へ入り、しばらくすると一人で出てきた。

満月畏人はここで独り、朝を待つ。

新しい人生を、待つのだ。

わたくしはもう普段どおりの顔に戻り、悠然と来た道を戻った。

「紫さん……」

茜さんは、おずおずと尋ねてきた。

「本当に、これで好かったの？」

「ええ」

立ち尽くしたまま、いつまでも追いついてこない四人へ振り返ると、スカートの裾《すそ》が風に煽《あお》られて丸く咲いた。

頭上では巨大な満月が嗤《わら》っていた。

恋を知らぬまま、誰かの物になる少女が大勢いる。

そのことを思えば、この痛みは幸福といって好い。

「好いのよ。わたくし、一生に一度の恋をしたわ」

満月畏人は病院からの脱出劇を境に、満月への恐怖心を少し克服し、取り乱すことは減ったという。

灰田の手配で無事、編集者・Kに引き渡された彼は、今やすっかり彼に懐《なつ》いて、六畳間で寝起きを共にしながら面白おかしく暮らし、尻《しり》を叩《たた》かれて新作に取り掛かっているらしい。

この報告を最後に、灰田ももう彼には関わっていない。

膝の上に開いていた小説壁兎を閉じ、バルコニーへ出た。

夜に沈む街が見渡せる。軽い空腹を覚えた。お前はこれからも生きていかないといけないのだと言われたような気がした。

なんとか、なる。

今、このうえなく辛《つら》くとも、人間は一生泣き続けることなどできやしない。

人生は長い、わたくしはまだ若い。けれど何年経《た》ったとしても、あの熱い想いを、若さゆえのはしかだなんて言わせはしない。きっと死ぬときにも思い出す。

「……貧乏暇なし、と言うけれど、目の前に予想もつかない冒険があってもきっと、落ち込む暇はなくなるでしょうね」

雲が流れて、金色の光が射《さ》す。

「さようなら」

さようなら、満月畏人――。

満鉄の爆破事件は、あれから一週間と少しが過ぎても続報が取《と》り沙汰《ざた》されていた。

「厭《いや》だねぇ、物騒なことは。僕は戦争は大嫌いだよ」

着流し姿のお父さまはダイニングの椅子《いす》の上に胡坐《あぐら》を掻《か》いていた。沸かしたお出汁《だし》を、お父さまの前に出していたどんぶりのご飯にかけ、向かいに腰掛ける。朝帰りしてきたときはよくこうやってお茶漬けを作ってさしあげるのだ。

「お父さまは、先の戦争に行っていないってお母さまから聞いたわ」

「お父さまはその頃学生だったのだけれど、成績が悪かったから卒業出来なくて徴兵されなかったのだよ。帝大の学徒は国の未来を支える若木だから、安易に戦場へ送ることなど出来ない……、というのは、お上が決めたことだからね」

要するに徴兵逃れでわざと留年を続けたのである。

お父さまは文学部だったから医学部生のように手厚く守られることはない。

「シベリヤで鍛えられてくれれば好かったのよ」

その時、お母さまが悠然と入ってきた。

「酷いや品子さん。寒いのは苦手なんだよ」

「えぇ、あなた人一倍寒がりですものね」

お水を一杯コップに汲《く》んで、すぐに書斎へ戻って行った後ろ姿にほっとする。あの日、真夜中に家を抜け出したことを疑われているような気配があって、必死で誤魔化していたからだ。

証拠不十分でそれ以上は追及されなかったけれど、お母さまは未《いま》だに疑っているような気がする。もう当分あんな無茶は出来ない。

わたしの中では、あの夜に見聞きしたことが漠然とした不安となって燻《くすぶ》っていた。

「ねぇお父さま、日本はまたどこかの国と戦うのかしら？」

「茜はそんなこと心配しなくて好いのだよ。ほら学校に遅れるぞ」

「もう、帰ったらちゃんと聞かせてちょうだいね」

お弁当を包んで急いで家を出た。すっかり日常が戻ってきていた。

けれど、その日の放課後に環さんがわたしと潮さんを呼びだしたのだ。

「さぁて、何から話しましょうか」

秋晴れの暖かい日だったので、校庭の草むらに腰をおろして話すことになった。

「あの日以来、灰田さんが泣き暮らしているわ。なんと一週間で二度もあたしを喫茶店へ呼び出して、クリームソーダーを奢《おご》ってひたすら愚痴って帰るのよ！　あの人が、あたしによ!?　理知的に振舞ってはいるけれど話を要約すると『紫さまが結婚するのは厭だ！』とそれだけの話を延々と繰り返すの。まったく他に聞かせる相手はいないのかしらね」

「どうでもいい」

「飛ばしてちょうだい」

「……庸一さんが、早速見留院家に結納金を払ったそうよ」

潮さんは草むらに寝転がって少年のように足を組んだ。みっともなかったけれど、わたしたちの他に誰もいないから、好いか。

「もう断れない、というわけだな」

「えぇ、本人も断る気なんかないでしょう」

「じゃあ、本当にもうすぐお嫁に行ってしまうのね」

「それが、卒業まで待ってくれることになったのですって」

わたしは「え？」と環さんの側《そば》に手をついて顔を覗《のぞ》きこむ。

「それ本当？　学習院をやめなくて好くなったの？」

「これには紫さんも驚いていたみたいね。準備もあるし、今年中にやめさせられる覚悟をしていたようだから」

庸一さんが、決めたのだろうか？

なんだか複雑な気持ちだった。せめてもの情け、とでも言うつもりだろうか。けれどそんなことで紫さんの心が動くことなどないだろう。あぁ、だけど、夫婦というのは許しと諦めで成り立つものらしい。わたしの両親のように自由恋愛の末に結婚した夫婦でさえそうなのだから。

「表向きは庸一さんが卒業して一人前の医者になるまでは結婚はしないと言えば、まあみんな納得するし、庸一さんのお父さまだって、作田要蔵が――匿《かくま》っていた庸二さんが再び失踪したという混乱で、今すぐ庸一さんを結婚させようという気にもならないでしょうし」

「なるほどな」

環さんも思い切り軀を伸ばして草むらに寝転がった。葉っぱをむしって口に当て、ぷーと鳴らす。なんとも間抜けな音である。

（戦争なんて、起きるわけないわよね……？）

こんなふうに過ごしていると、ふいに思う。

けれど思考はすぐに、身近な事件のことへと移った。

「ねぇ、紫さんは……」

幸せになれるのかしら――？

そう言おうとしたときだった。

「ごきげんよう、みなさん」

紺色のジムドレスを着た少女が立っていた。

秋風が長い髪をなびかせる。あの日のことなどまるで感じさせないような微笑を湛《たた》えて、見留院紫はやって来た。

「遅かったじゃない」

環さんはうんしょと起き上がった。

「え、え、どうして紫さんがここに……」

「環さん、わたくしが来ることを二人に話しておいてくれなかったのね」

「失念していたわ！」

彼女は眼鏡のふちにちゃっと手を掛け、悪びれずに紫さんを頭から靴の先まで観察した。

「あなた、その格好」

「ええ、洋装の制服にすることにしたの。セーラーとジムドレスと、迷ったのだけれど……似合うかしら？」

後ろで束ねた髪に手を掛けながら彼女は言った。照れくさい、という感情が、彼女にもあるらしい。

「三人とも、この間はありがとう」

「こちらこそ。あの大冒険、一生語れる女学生時代の思い出になってよ」

「ふ……、きっとわたくしには、人生で一番激しい記憶になるわ」

今までと違う、少し柔らかな気配。

「あ、あの紫さん」

意を決して立ち上がった。両目にうっすらと涙が浮かびそうになってしまい、瞬《まばた》きをして堪《こら》えた。

「その、後悔は、なくって……？」

一体、どこまで踏み込んで好《よ》いことなのだろう？

尋ねたところで、もはやどうしようもないことも好くわかっている。それでも問わずにはいられなかった。

紫さんは、面倒そうにも見える表情で、艶《つや》のある唇からふぅと息を洩《も》らした。

「ええ、わたくしの決めたことよ」

「……っ！」

思えば、初めてのことかもしれない。彼女がきちんとわたしの顔を見て返事をしたのは。

嬉《うれ》しい気持ちが、炭酸水になって胸の中にしゅわしゅわと満ちたみたいだ。こくこくと、何度も首を縦に振る。

「その格好、とってもとっても似合っていてよ！」

紫さんはまた、控えめに鼻で笑った。

「その、『何々してよ』というの、随分流行《はや》っているのね」

「え？　そ、そうねぇ……聖桐《せいとう》ではみんな言うけど、学習院では言わないの？」

「ええ。わたくし、環さんだけのおかしな口癖だと思っていたわ。変わっているけれど、聞き慣れると厭なものではないわね」

潮さんは相変わらずの仏頂面《ぶっちょうづら》で自分の腕を枕《まくら》に寝そべっている。

「ねぇ紫さん。あなたってば、わざわざお礼を言いに来たの？」

「いいえ。お願いに来たのよ」

「あら、なぁに？」

「わたくしも探偵をやりたいわ」

「えぇっ！」

思わず声がひっくり返る。

「ご迷惑でなければ、入れてくださらない？」

環さんは勢い好く起き上がって笑い出した。

「まぁまぁ、何を言い出すかと思ったら！　どういう風の吹き回し？」

「いけない？」

「あたしは好いわよ」

環さんの言葉に、わたしも元気に挙手した。

「わたしも賛成！　紫さんはとっくに仲間だわ。わぁ、これで四人になるのね」

紫さんは「あなたは？」というふうに、悠然と最後の一人へ視線を流した。

「理由を訊《き》いても好いかい？」

潮さんは涼しげな目元を細めた。

「………悪足掻《わるあが》き、かしら」

どういう意味だろう。

「卒業するまであと三年と少し、最後の自由な時間。あなたたちと一緒にいたら、すこぶる愉快だろうと思ったの」

「愉快……！　と来たか」

潮さんは起き上がり、体育座りの膝《ひざ》を抱き締めて目をつむった。

「恩返しとか人助けとか言われたらどうしようかと思ったよ。好いだろう、あなたは勇敢だし、社交界にも通じていて早耳なことが何かの役に立つかもしれない」

気づけば三人ともが立ち上がり紫さんの正面に並んだ。紫さんはおもむろに右手を差し出し、わたしたち三人は一瞬の迷いの後、てんでんばらばらに彼女の指先を摑んで、おかしな握手を交わした。

「では、満場一致で見留院紫嬢を我らが少女探偵団四人目の仲間とする」

「よろしくね、紫さん！」

「あなたまで入るなんてねぇ、面白くなりそうだわ」

紫さんは声を立てて笑った。

「えぇ。よろしくお願いするわ」

こうして、少女探偵団に新たな仲間が加わったのだ！


安元庸二の研究は、ごく初期の構想段階のものだった。

記録としてはあれから二年後の昭和八年に、初めてこの兵器の着想がされたと言われているが、同時期に似たようなことを思いついていた軍人は複数いたようだ。

軍の内外で細々と引き継がれていったこの案は、後に戦争へ突入した我が国が敗戦の色を濃くして、飛行機を作る鉄鋼材料が不足した際に、和紙とこんにゃく粉と水素ガスが主材料であったことから再注目される。

「ふ号作戦」として昭和十八年に陸軍で本格的な研究がなされ、やがて実用化された「気球爆弾」は戦果こそ小さかったものの、米国に衝撃を与えた。

複雑な機械装置もなしに簡易な高度保持装置のみで太平洋を横断出来たのは、高度一万メートルの上空を西から東へ吹く偏西風のお陰だった。だからたとえ同じものを作ったところで、米国から日本へ飛ばすことはできない。

しかも、当時の米国では偏西風が知られておらず、どうやって日本から飛ばしているのか、解明することはできなかったのである。

この兵器は、ワシントン州の送電線に引っ掛かり、プルトニウム製造工場を停電させた。これが、長崎に投下された原子爆弾の製造を三日遅らせたとも言われている。

原理がわからなければ、まるで工場を狙《ねら》ったかのように感じられただろう。

けれど米国がより恐れたのは、別のことだった。

〝もしも、この気球に細菌兵器が積まれたら……〟

皮肉なことに、その恐怖は原爆投下を後押しする一因になったとも言われている。

極秘だった無名の兵器は戦後「風船爆弾」として歴史に名を刻んだ。

ちなみに、満鉄の爆破は関東軍の自作自演だったということが後に明らかとなるのだが、これは新しい時代では誰もが知っていることだろう。

それらはすべて、わたしたちの青春が終わって、さらに永い時が経ってからの、また別のお話。

エピローグ

恋の丸ビル　あの窓あたり　泣いて文書く　人もある——

長雨の丸の内ビルヂング。

傘の裡《うち》で、つい口ずさみそうになる。

（……茜の影響だろうか、僕も気楽な気質になったものだな）

ぱらぱらと雨粒に煙る視界の向こうには東京駅があった。僕はあの日を思い出す。

芳兄さまが行ってしまった日。

下駄箱《げたばこ》での一件を胸に抱えたまま、どうせまた気まぐれに戻ってくる、殺しても死なないような人だからなんてことないと、気にしないふりをしていたけれど、結局学校が終わってすぐに駅へ向かった。

〝おや潮、最後のお見送りに来てくれたのかい？　やっぱりお前は優しい子だよ〟

そんなふうに、ここで待っていれば出立前の挨拶《あいさつ》回りを終えた兄さまを捕まえて、また話せるんじゃないかと期待したのだ。

虚《むな》しくも、兄さまを見つけることは出来なかった。とっくに船上で揺られているのだろうと諦《あきら》め、家まで歩いて帰った。

「――しおちゃん、こんなところにいた」

顔を上げると、赤い傘を差した美女がたくさんの買い物袋を携えていた。

「母さま」

「やぁねこの子は、お買い物はそんなに退屈?」

「家で本を読んでいたいって言ったのを母さまが無理やり連れてきたんじゃないか。第一こんな雨だ。他の日にしたらよかったのに」

「だって今日が封切りだったのよ、あの映画。それにあなたにも何か買ってあげたかったんですもの」

とても十四の子どもがいるようには見えなかった。三十過ぎにしては若く見えるけれど、容姿のせいだけではない。

華美な服は舞台の上でしか着ないから、けして派手ではないけれど、不思議と華やかで、男好きのするような雰囲気を持っていた。

まるで尽くされたり愛されたりすることが当然かのように見えてしまって、とても苦労をしている女性には見えないのだ。

（この人はもっと若いときに、今の僕とそう変わらない歳《とし》のころに、一人異国に……）

「別に、本以外に欲しいものはないな……」

「またそんなことを……、厭《いや》だわ、今日はせめて校服を着せたけれど、あなたがいつも質素な格好をしているとわたしが悪い母親みたいじゃない。自分だけ贅沢《ぜいたく》して」

「誰にどう思われたって好《い》いじゃないか、見知らぬ人なんて僕は知らないよ」

　母は困ったように微笑《ほほえ》んだ。

「お母さん、あなたに惨《みじ》めな想《おも》いをさせたくないのよ。貧乏はもうたくさん。お友達と遊ぶときに、しおちゃんだけ地味じゃあ可哀想《かわいそう》だわ。ただでさえ聖桐は好いところのお嬢さまばかりなんだもの」

　うっ、と潤《うる》んだ瞳《ひとみ》に一歩後ずさる。このうえ子爵《ししゃく》令嬢の友人まで出来たなんて言ったら何を言われるかわかったものではない。

「そんな顔をしても、ワンピースなんか着ないからな！」

「最近せっかく好《よ》く遊びに行くようになったっていうのに……、普通の女の子はお友だちと同じものが欲しくなるものよ？」

　母は時計を見て、あっと表情を変える。三時になったら美味《おい》しい珈琲《コーヒー》を飲みに行こうと約束していたのを思い出したのだ。話題も興味もころころと変える気まぐれさは僕よりもずっと少女のようだ。僕はそんなに飲みたくもないが、母はやたらと、僕に何か食べさせたり飲ませたりしたがる。

「――あら、潮さん？」

可憐《かれん》な声のしたほうを向くと、白い傘を差して、胸に出版社の印の押された大きな封筒を抱えた茜がいた。

「ごきげんよう！　偶然ね。そちらの方は？」

花がほころぶように、彼女は笑った。母の顔がぱあっと明るくなる。

「わたし、花村茜と言います。潮さんのクラスメイトです」

「まぁ、まぁ！　しおちゃんの学校のお友達？　初めまして」

「あまりはしゃがないでくれ、恥ずかしい」

「初めまして、潮の母です」

「え、お母さま!?　女優をしていらっしゃるっていう？」

母が嬉《うれ》しそうに茜を見たので、僕は非常に居心地が悪くなる。

「ほら、女学生ってこんな可愛《かわい》らしいふうでしょう？　しおちゃんも、彼女のように髪にリボンでもくくれば好いのに……」

くすくすと茜が笑う。

「何がおかしい……」

「いいえ」

「素敵なお召し物ねぇ、うちの子はこの時代に洋服を嫌がるのだもの。着たきり雀《すずめ》で……」

茜はうんうんと母に頷《うなず》く。

「ねぇ、潮さん。わたし考えたのだけれどね、あなたは新しいものがいやで着物を着ているのじゃなくて、ふわふわした少女の洋装がおいやなのでしょう？　だったら少年のお洋服を着れば好くってよ」

「な……」

意外な意見に言葉が出ない。

「あら、それは妙案ね……！」

母は素直に感嘆した。

非常識だのなんのという人ではないのはわかっていたけれど。

「しおちゃん、それが好いわ。どうして思いつかなかったのかしら、水《みず》の江《え》瀧子《たきこ》みたいになれば好いのよ」

誰だそれは。

茜は知っているようで、二人で盛り上がる。

僕は一度も学校の友人の話を母にしたことはない。もちろん、少女探偵団を結成したこともだ。けれども母は一目で茜を気に入ったようだった。

溜息《ためいき》をついて一人歩き出す。はぐれない程度の距離で、また丸ビルの辺りを一回りしよう。

しかし軽快な足音が追いかけてきて、僕の肩に飛びついた。

「潮さん！　わたしあなたの男装服作ってみるわ、今あなたのお母さまとお約束しちゃったの」

そして、耳元で囁《ささや》く。

「芳兄さまみたいに、とびきり格好好いのをよ」

彼女は何も考えていないように見えるけれど、母の前でこの話を出さないのだから、決してそうではない。

「いや、かしら？」

本当の馬鹿《ばか》だったら、付き合いはしなかった。

「………………軍服はよしてくれよ？」

「もちろん、それじゃあ仮装じゃない。わたしの腕は知っているでしょう？　期待していて」

ふっと鼻を鳴らす。

形から真似《まね》をするなんて、滑稽《こっけい》にならないと好いけれど、僕は兄さまみたいになるのも悪くないと思った。

そうだ、髪もおかっぱより短く切ってしまおうか。耳が見えるくらいに。

何かと粗探しして否定しがちな自覚があったけれど、なんだか肯定的になっている自分に驚く。

目の前の少女に頷くと、彼女は心底嬉しそうな、柔らかな笑顔を浮かべた。

「お遣いの途中だからもう行かなくちゃ。また学校でね。ごきげんよう――」

そのまま僕を追い越して茜は去って行った。

隣に並んできた母が傘を閉じているのに気付いて、僕もそれに倣《なら》う。白い太陽が雲間から顔を覗《のぞ》かせていた。

「しおちゃん、仲の好い子なの？」

「さぁ、悪くはない、と思うが……」

こんなとき普通の友人ならば抵抗なく頷けるのだろうか。花村茜は僕と仲良くなりたいと、そう言ったけれど、僕にはやはりみんなに分け隔てなく優しいように見えた。

そこで気が付く。

僕は自分の好意と彼女からの好意に差があったら非常に恥ずかしいと思ってしまっているのだと。

芳兄さまのさっぱりしているところに腹立ちを感じるのと、近しいものを感じた。

「兄さまは元気でやっているかな？」

母は一呼吸置いて「ええ」と微笑した。わかっている。この国に大きな転換期が来ていることは肌で感じる。芳兄さまが、そして自分たちもその波に翻弄《ほんろう》されるかもしれないということも。

嘘《うそ》みたいな話だ。

「母さま、今日は歩いて帰ろう」

「電車賃ならありますよ」

「いや、穏やかな街をゆっくりと歩きたい気分なんだよ。駄目かい？」

僕はあの人の帰った、もうすぐ「満州国」と呼ばれることになる地を想った。

本書は新潮文庫のために書き下ろされた。

蒼月海里著

夜と会う。
―放課後の僕と廃墟の死神―

悩める者だけが囚われる廃墟《夜の世界》に迷い込んだ高校生・有森澪音の運命は。優しくて、ちょっぴり切ない青春異界綺譚、開幕。

蒼月海里著

夜と会う。Ⅱ
―喫茶店の僕と孤独の森の魔獣―

「理想の夢を見せる」という触れ込みでその実、人の心を壊す男・氷室頼人。立ち向かう澪音たちの運命は。青春異界綺譚、第二幕。

江戸川乱歩著

怪人二十面相
―私立探偵 明智小五郎―

時を同じくして生まれた二人の天才、稀代の探偵・明智小五郎と大怪盗「怪人二十面相」。劇的トリックの空中戦、ここに始まる！

江戸川乱歩著

少年探偵団
―私立探偵 明智小五郎―

女児を次々と攫う「黒い魔物」vs.少年探偵団の血沸き肉躍る奇策！ 日本探偵小説史上最高の天才対決を追った傑作シリーズ第二弾。

江戸川乱歩著

妖怪博士
―私立探偵 明智小五郎―

不気味な老人の行く手に佇む一軒の洋館に、縛られた美少女。その屋敷に足を踏み入れたとき、世にも美しき復讐劇の幕が上がる！

古谷田奈月著

ジュンのための6つの小曲

学校中に見下されるジュンと、作曲家を目指す同級生・トク。音楽に愛された少年たちの特別な世界に胸焦す、祝祭的青春小説。

新潮文庫最新刊

今野敏著
去就
—隠蔽捜査6—
ストーカーと殺人をめぐる難事件に立ち向かう竜崎署長。彼を陥れようとする警察幹部が現れて。捜査と組織を描き切る、警察小説。

佐伯泰英著
いざ帰りなん
新・古着屋総兵衛 第十七巻
荷運び方の文助の阿片事件を収めた総兵衛は、桜子とともに京へと向かう。一方、信一郎率いる交易船団はいよいよ帰国の途につく。

畠中恵著
おおあたり
跡取りとして仕事をしたいのに病で叶わぬ一太郎は、不思議な薬を飲む。仁吉佐助の小僧時代の物語など五話を収録、めでたき第15弾。

畠中恵作
柴田ゆう絵
新・しゃばけ読本
物語や登場人物解説などシリーズのすべてがわかる豪華ガイドブック。絵本『みぃつけた』も特別収録！『しゃばけ読本』増補改訂版。

東山彰良著
罪の終わり
中央公論文芸賞受賞
食人の神——ナサニエル・ヘイレン。文明崩壊後の北米大陸に現れた〝黒き救世主〟を描く、ワールド・クラスの傑作ロードノベル！

津村記久子著
この世にたやすい仕事はない
芸術選奨新人賞受賞
前職で燃え尽きたわたしが見た、心震わすニッチでマニアックな仕事たち。すべての働く人の今を励ます、笑えて泣けるお仕事小説。

イラスト　マツオヒロミ
デザイン　川谷康久（川谷デザイン）

昭《しよう》和《わ》少女《しようじよ》探《たん》偵《てい》團《だん》

新潮文庫　さ－89－2

平成三十年十二月一日発行

著者　彩《さい》藤《どう》アザミ

発行者　佐藤隆信

発行所　株式会社新潮社

郵便番号　一六二—八七一一
東京都新宿区矢来町七一
電話　編集部（〇三）三二六六—五四四〇
　　　読者係（〇三）三二六六—五一一一
https://www.shinchosha.co.jp

価格はカバーに表示してあります。
乱丁・落丁本は、ご面倒ですが小社読者係宛ご送付ください。送料小社負担にてお取替えいたします。

印刷・錦明印刷株式会社　製本・錦明印刷株式会社

ISBN978-4-10-180142-1 C0193